U0925587

就这样吧

顾乡 著

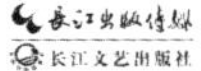
长江文艺出版社

新出图证（鄂）字 03 号

图书在版编目（CIP）数据
就这样吧 / 顾乡著. -- 武汉：长江文艺出版社，2016.10
ISBN 978-7-5354-8843-5

Ⅰ.①就… Ⅱ.①顾… Ⅲ.①故事-作品集-中国-当代 Ⅳ.① I247.8

中国版本图书馆 CIP 数据核字（2016）第093539号

策　　划：孙文霞　　封面创意：少林修女
责任编辑：吴　双　孙文霞　　责任校对：许　罡
封面设计：刘　欢　　责任印制：张　涛

出版：长江出版传媒 | 长江文艺出版社
地址：武汉市雄楚大街 268 号　　邮编：430070
发行：长江文艺出版社
北京时代华语图书股份有限公司　（电话：010-83670231）
http：//www.cjlap.com
印刷：北京文昌阁彩色印刷有限责任公司

开本：880毫米 × 1230毫米　1/32　　印张：9
版次：2016 年10月第1版　　2016 年10月第1次印刷
字数：300千字

定价：39.80 元

目录

第1章

第2章

第 3 章

第 4 章

第 5 章

1章

审美太差的人就别买皮草了。

2012.02.15

我妈有件貂皮大衣。

由于该妇女的审美观一向异于常人。她买的这件貂也是同样令人动容。

因为此貂的款式可用以下几个关键词来形容。

毛质浓密、黑棕混杂、茧形、连帽、灯笼袖、中长款。

这样的颜色和样式，套在我妈中年发福三围相等的体型上，稍微有点常识的人都能想象到像什么——像熊。

为什么说审美差的人不能买皮草呢?

因为一般的貂皮大衣，穿在发福妇女身上，基本都像熊。

但穿在高挑美女身上，基本都能化其腐朽，将整体气质提升为贵妇。

但是我妈买的这一款，极为无可救药。

胖人穿，像熊。瘦人穿，像沙皮熊。

我妈穿着该貂饱受非议。

在家穿，

家人说像熊。

在外穿，

同事说像熊。

人见人说像熊。

但是，我妈对貂皮大衣渴望已久，执念极深。

如今意淫数载终于贷款买得一貂，再加上她的审美异于常人，再加上她的自我催眠陶醉，她将所有负面言论都归结于人类的嫉妒心。

她认为，家里人是嫉妒她活得自在，想买就买；女同事是嫉妒她貂皮高级，望尘莫及。

但这些人又虚伪地不想表达自己的嫉妒本质，所以都对她采取人身打击。

就都说她穿着像熊。

这个想法和结论支撑着她穿着这件貂皮大衣度过了数个冬天。

昨天发生的一件事，如铁锤一般，打碎了她的自我催眠。

熟悉我的人都知道，这又将是一个悲情的故事。

2012 年 2 月 14 日。这是一个寒冷的冬季下午。

我跟我妈一起出门。

作为一个对貂皮大衣爱不释体，倒垃圾都要披，午睡当被盖，夏天恨不得改成坎肩儿穿的中年妇女，她当然是穿着这件毛质浓密、黑棕混杂、茧形、连帽、灯笼袖、中长款的貂出行。

我走在前面。拐过了前面一栋楼。该楼某单元门前坐着一条狼狗。此狗见我经过，顿时神色凶恶，大吼特吼。

就在此狗对我作势欲扑咆哮怒吼之时，身后一阵高跟鞋响，我妈穿着貂的身形巍然闪现。

那狗当时就呆住了。

爱貂之痛谁人懂。

2012.02.17

当天事发过后。我妈在震惊当中一时没能做出反应，当事狼狗呆滞地目送母女二人离去。走出十多米后，回头一看，那狗依然端坐原地双目圆睁。我再看向我妈，该妇女已是一脸悲愤。

我当时是完全没法面对她了，找了个借口分道溜走。

等我晚上回来的时候，我爸在斗地主，我妈在看电视，怀抱貂皮。面如霜凝、眉头紧蹙、神色不定。

要知道此人平时非常聒噪。此刻却反常地深沉。在喧闹电视声和夜色日光灯的衬托下，显得格外落寞。

我心下感叹，缓缓地关上客厅门，然后迅速溜进卧室声情并茂地给我爸讲述镇犬事件同时还表演了一下当时那狗的表情。

我爸说，我说你妈今天回来怎么不做饭呢，这下刺激受大了。

我回到客厅，假装悲伤地坐在她身旁。

我说，妈，别上火，你看你这貂：

在外镇狗，
在家镇宅。
一统江湖，
指日可待。
得此神物，
岂不幸哉？

我妈没有反应，还在跟电视貌合神离。

我看她这样，也不由感想万千。

此人不知为何，对貂皮大衣就是有那么大的执念。群众批其觉悟低，兀自不以之为意。

在没买到貂的时候，她老说，这辈子买不起，下辈子就要投胎当貂。

买得此貂后，就像上篇文章写过的那样，抓住一切机会穿貂。不能穿就披，不能披就盖，不能盖就搂着，不能搂就摆着。

而且其了却心愿小人得意的本质顿时暴露。

在家在单位。

无时不显摆。

由此也就迎来了各种挤兑。

在家，问我爸：看我这貂好看不?

好看个屁。

你不懂别放屁啊，我们单位人都说好看。

你们单位人放屁。

在办公室。

大全子，看咱这貂，油光锃亮，滑不留手。可好了，可滑了，可滑可滑了。

真的吗，真那么滑吗，来来来我吐口痰看能不能粘上。

在会议室。

跟旁边女同事：哎你看我这貂，跟她们别人买的真不一样。一看就能看出来。我这是整貂，可平整啦。她们那个都是拼的。包包楞楞戗毛戗刺儿的。

领导：哎，穿貂那个，上来发个言。

在外出门。

我妈，我妹，我。

三人走在路上，忽然发现路边雪堆里露出一具蜷缩的小狗尸体。我跟我妈不由同时神色黯然，表示哀悼，好可怜哦。

此时我妹缓步踱来，瞟了狗尸一眼，

幽然道：穿个貂咋还冻死了？

如此众多，不胜枚举。但人民群众对其低下觉悟最普遍最高发的抨击就是，穿着像熊，像熊，像熊像熊像熊……

但这种普遍评价也在我妈强大的自我催眠下，抚貂之间，忘做笑谈。

此貂伴身数个冬天，大家都快习惯了，非议也渐渐减少，我妈以为自己顽强地穿着貂顶过了这许多非议，终于要修成正果了。结果，被一条不知名的狼狗无声而残酷的评价打入了地狱。

我想，她现在可能终于明白了这个评价。她现在满脑子的想法肯定都是，像熊，像熊，穿着这貂像熊……

一旦觉醒，以后就有了自知之明，无法再将此貂穿出去了。看她的表情，肯定是在反省及思索，这人不人熊不熊的，可怎么穿呢？

想到此处，我也不觉感到欣慰。正当我欣慰的时候，我妈突然一个激灵，紧抱貂皮目光炯然，丧心病狂道：我要往帽子上安俩耳朵！谁还想埋汰我穿貂像熊？我这貂就是熊款！看你们还说啥！

你这样对得起酸菜吗?

2012.03.13

首先跟各位普及一下酸菜的做法。

新鲜秋白菜数棵，去其硬结老叶，取留菜心。

其心帮白叶绿，内叶淡黄，色嫩质脆。

将菜心置于酸菜缸中。缸约半人高，菜心紧凑层叠铺放。隔层撒盐，叠至缸口，清水灌满，取一扁厚重石置缸内，压于菜上。

这是准备过程。

然后将此缸置于阴凉处，发酵四周。基本上就成型了。

为什么说基本上成型，因为腌酸菜跟腌咸菜不同。此过程中有个非常微妙玄奥的重点关键词，发酵。

如果发酵适当，厌氧环境中，白菜中的糖在乳酸杆菌作用下，分解生成乳酸，使蔬菜变酸。部分乳糖不完全反应，生成醇，酸和醇在一定条件下发生化学反应，生成酯。酯类有特殊香气，最后形成的菜品酸酯浸淫，因此酸香味醇。

发酵不适当，后果很难估量。天资太差的人就不要腌酸菜了。

以前光见过我奶腌的酸菜。该老太太在腌酸菜方面别有天分。盐量温度的控制看似随意，实则乃是高手无招，所得酸菜嫩黄盈润，闻之有股淡然酸香。

本来吃了好多年，而且也没个对比，一直以为普天之下，酸菜大同，我奶腌的这个也没啥特别。结果看了我妈腌的酸菜，再回顾我奶的作品，顿时惊为天菜。

去年入冬某天，我妈突然觉醒，决定以后在腌酸菜方面要自食其力，随后便开始了盲目探索。

近日，我妈的2011–2012年度腌酸菜练习拉开了第三次发缸的序幕。

为什么是第三次发缸呢，因为前两次都失败了。二百斤大白菜，一棵没吃着，全折缸里了。轻则不酸，重则腐烂。经历了两次失败，她对本缸酸菜格外有信心。

理由是事不过三。

昨天中午正在午睡的我，生平第一次被熏醒了，起来寻着味儿去厨房。一进厨房，迎面一股浓烈的难以形容的重度发酵的神秘气息顿时将我击得倒退三步。我妈正戴着胶皮手套捞缸。

我忍住生理不适感，问：干什么呢？

我妈：捞酸菜。

我：你这酸菜多长时间没洗脚了。

我妈：少放屁。

我：seriously，你这酸菜什么味儿。

我妈腆着脸说：酸菜味儿。

我：我奶腌的酸菜不是这个味儿。

我妈：煮熟了就一个味儿了。

说完掏出一棵掼在菜板上。

我一看，不知道为什么，我释然了。

只见此物苟伏菜板之上，惯力之下，微微颤动，烂黄糜腻，身上两个指洞。捅破之处流出乳白带黄丝儿的脓状流质。

跟我闻到的气味非常般配，将那种无法言喻的气味具化了。

建议有科幻作家以后描写奇异生物的时候，如果下笔词穷，可以上我妈这儿捞两棵酸菜找灵感。

我当时面对这货，感想万千，作为一个涉世不深的青年妇女，突然对三个形容词有了彻悟般的理解。

瘙痒、异味、白带增多。

我：妈，虽然你不想面对，但是你这次确实又失败了。
我妈：失败啥，酸没酸吧？
我：酸了。
我妈：烂没烂吧？
我：快了。

我妈：少放屁，有能耐别吃。
我：多大的能耐也不敢吃啊。

我妈这个人最大的毛病，就是盲目乐观，孤行自主。她觉得好，咋都好，别人说啥都打击不了。

我垂死挣扎说：妈，咱们客观点，你记得我奶腌的酸菜吗？不光是酸的，还是香的，你这个怎么能算香？
我妈：我这是异香。

我无话可驳，自我镇定了一下，征求道：妈，开会儿窗户行吗？
我妈（不耐烦地）：大冬天的开什么开啊开，谁知道你那鼻子咋就那么娇！我怎么就闻不出来有臭味儿！不信你过来仔细闻闻，挺有酸菜味儿的。

仔细闻？
妈，我还年轻。

我绝望地放弃了规劝她的想法，默默地打开了抽油烟机，去卫生间打开了排气扇。

我妈：穷嘚瑟，狗鼻子，净事儿，一个酸菜它能臭到哪去?

我蒙头坐在客厅，心灰意懒，只盼老天开眼收伏此人。

正当我祈祷之际，我爸下班归来。

一开门，愣了一秒，皱眉一嗅，破口大骂：谁拉的!!!

2章

我上班了。

2012.07.12

出于一些原因，我退学后来到了北方著名旅游城市哈尔滨。大家都知道，哈尔滨被誉为北国冰城，大雪封城的时候美丽非常。

知道为啥美吗？因为它被盖上了。

没有冰雪的时候，暴露在外的建筑和道路也和其他北方城市一样灰头土脸。而且其他北方城市估计会对哈尔滨特别不忿。凭啥一提你就北国冰城啊，一样都是东北的城市，冬天谁不下雪啊，就你有冰？

我在温度三十几度烈日炎炎车流滚滚尾气冲天的夏季，来到了哈尔滨。

来到这儿的第一天，我上街了。在传说中，哈尔滨是一座特别的城市。欧式建筑异域风情什么的。走在街上的时候，我确实感觉到了，感觉到了在中国其他同样被匆忙建起的城市中从未领略过的独特文化。

那就是本地交通。

走过哈尔滨大大小小数条街道后，我发现，这座城市自有一套遗世独立的交通规则。绝大多数的行人和一小部分的汽车，每天在路上走得非常超然。当人群走到路口，对面红灯亮起的时候，大家的反应是群起而过。横向过来的汽车被迫减速，艰难地挤过人群。

在这样的路口上偶尔有几个神色迷茫，站在十字路口被前涌的人流挤过又抛下的，肯定都是外地人。

或者是文艺青年。

来到这座城市的第一天，我感觉到的不是异域，而是抑郁。

哈市的交通规则是只面向司机制定的。红灯停，绿灯行。对于行人方面，则是绿灯行红灯行啥灯我都行。这才叫行人嘛。我由此对本地司机产生了深切同情。但是，经过了一个月的观察，我发现，这种表面上很混乱的交通规则，其实另有玄机。每个路口都是混乱而淡然，人们有秩序地闯红灯。司机耐心地钻空子。场面非常和谐。在正常城市里，司机的惯性思维是红灯刹车，绿灯油门。一旦有个行人闯了红灯，某些司机一脚油门没刹住，撞了。而在哈市，每个司机开到绿灯路口，都早已做好了会有无数行人乱闯红灯的心理准备，所以路口行车的车速都是非常缓慢的。这样就完全杜绝了人车相撞事故的发生。

领会了这一深意之后，我现在对哈市的交通规则充满敬畏。

再说说极少数的司机。

到达此处第三天的时候，我在这交通奇诡的哈市路上懵懂地走着。走到一个路口的时候，我习惯地等到了绿灯然后前行。快要走到对面的时候，一辆小轿车从一个非常别扭的位置转向而来，差点就顶到我腿上了。当时人家非常正经地闪着转向灯，灯位也对。我下意识地就觉得这是我的错。非常不好意思地给人家道了个歉，走了。

过去之后，一直觉得哪里别扭不对劲儿。走出了十多米，我猛然醒悟，刚才那大哥，是左侧通行着过来的!

这位同志，回伦敦吧。哈尔滨不适合你。祝你早日冲出哈市，飙入松花江。

在当地逛了两天街之后，我对出门产生了深深的恐惧和迷惘。于是很自然地开始蹲屋里上网。为了给自己一个出门的理由，我开始在网上找工作。这个时候，我看见了一个房地产公司的经纪人招聘启事。学历不限，经验不限，随时面试。

我一看，这个好。适合我这种没有文化的。当天下午就去面试了。

给出的面试地址是某大超市的三楼。我进门后，发现这就是一个超市。往里看了半天，找了个人，请问，大盛地产怎么走?

超市柜员：封包。上三楼。

我略微失措了一下。把身份证和寸照拿出来。封包上楼。

走到三楼食品部，我问发方便面的妹子：请问，咱这儿是有个大盛地产吗？

发泡面的大妹子一指收银台，出去，就在收银台对面。

我端着她发给我的一碗泡面，走出收银台，解包。然后，我看到了收银台对面一个摊位，背景上书：大盛地产。

前面是一排电脑桌，六台电脑，一个眼镜男在激情地打电话：大哥！就这样的房子这样的装修，卖这样的价格你哪里找去?！你知道我一天有多少客户抢着要看吗?！我光今天早上就带了好几拨！您知道现在是什么行情吗?！这种三四十平方米的小户型，出来一套连两天都挂不住，马上就被人买走了。你今天下午能不能来看?！没有时间？您是买房要紧还是扣钱要紧?！啊?！晚上五点?！行！我跟房主确认一下时间。您稍等我马上给您回复！

挂了。对我：你好。需要办理什么业务？

我：我来应聘的。

眼镜男：您请坐，稍等。经理马上回来。

我坐在摊位边，他又开始打电话。其间我无所事事，环顾四周，此摊位正对超市收银台，六平方米见方，六台电脑。在超市里卖房地产。

我心想，这单位的人事部怎么这么不着调，我还是走吧。

就在这时，眼镜男向我身后道：季哥，这有位女士来面试。你来吧我马上要去带客户。

说完走了。

经理来了，一个长得非常喜庆的金链汉子。跟我握个手。两人坐下。

经理：来面试的是吧？

我：嗯。

经理：以前做过经纪人吗？

我：没有。

经理：怎么想到来应聘的啊？

我：我看招聘启事说没有学历要求没有经验要求，随时面试，就来了。

经理：噢。是。来填个表吧。

给一张表。

填的过程中，我问：你这儿是人事部吗？

经理：不是。这是我的店。你到我店里面试，以后就是我店里的人了。

我看了看他，又看了看对面的超市。然后看了看后面大盛地产的牌子。又看了看这个摊位。再将目光转向表格最后一栏，选项，你对下列十项最看重的是？请用数字从一到十排列。

有工资待遇、公司福利、升职空间、企业前景、领导器重、工作环境等十项。

我默默地在工作环境前写了个 1。

经理：你多大了？

我：二十二。

经理雪上加霜道：噢。好。其实我这店是新开的。啥我都不计较。只要满二十二的我都收。

我：那你招聘广告上写的是，可以按面试者需要分配到合适的店面……

经理：骗你的。

我：……

经理：快填。填完了今天下午就来上班吧。试用期一个礼拜，你要是觉得能干得下去就培训三天，然后考核。考完就入职。

说完拿过我填的表，看一眼，问：你想要什么样的工作环境？

我干枯地指着对面的一堆货架子说：就，就相对封闭一点的就可以。不至于在超市里……

经理正色道：我跟你说，超市里面人流量特别大。而且都是周边的住户。每天来访和登记的人既多又准。对于一个房地产经纪公司来说，这样的环境和位置是不可多得的。我作为一个店经理，一个老经纪人，确定这样一个店址是根据自身经验反复考量过的。你能明白吗?

我仔细想了一下，说:原来是这样。我懂了。

经理:而且，超市里有空调比较凉快。咱们公司其他门市店都不给配空调。就咱们店可以蹭超市的。

我:……

然后我就开始实习了。人生为啥这么如戏。

实习第一天，给陌生人打电话。询问登记房源信息。

一年话费不超过一百块钱的我有些无从下手。

经理:新人不好意思打电话啊。来，咱们开个早会，跳舞吧。小窦，你给放一下抓钱舞的教程。以后小窦就是你师傅，实习期间由她带你。

说完，电脑屏幕上开始播放抓钱舞的视频。

看完之后，我整个人僵硬在了电脑前。

我一向觉得自己描述能力还挺好的。看完这个舞蹈之后，我词穷了。

怎么说呢?此舞背景配的是一种类似迪斯科的狂放音乐。总共分三小节。每一小节都比第八套广播体操要惨烈百倍。你要是觉得跳广播体操很彪，等你跳完这个，你基本上就可以瞑目了。

经理问:学会没?

我痛苦地点了点头。

经理:好。曲儿给我放上，站好队形，跳舞。

大家在摊位前面向着一超市的人排好队，身后音响内顿时传来了迪斯科的鼓点。

经理迅速就嗨起来了。把个加强版广播体操跳得跟大秧歌似的。

大家就当着一超市的人，在迪斯科的配乐下，开始跳抓钱舞。

经理指我:赶紧的!跟着蹦!

我蹦了两下后，居然很快进入了状态。整套抓钱舞重复了三分钟。

对面收银台前排队的群众都在尴尬地回避着我们的目光。脸上都是一种又想看又鄙视的纠结神色。
三分钟后，迪斯科终于结束。跳得我满头大汗。趴桌子上动弹不得。

经理：嘚瑟得还挺欢，明天你领舞。

跳完之后，我拿起电话，顿时放得开了。心里有种“我连在一超市人面前跳抓钱舞这种事都干得出来，还有什么好怕的”的破罐子破摔之感。

第一天在练习打电话和学习业务知识中结束。第一个电话打出之后，后面的就越来越无所谓。脸皮越来越厚。

第二天上午由师傅带领，和另一新人一起出去熟悉片区。下午接到第一个个人任务，带上纸笔，去旁边一个小区画跑盘图。画跑盘图的意思就是，把你扔一个小区里，把每栋楼都转一遍，然后把整个小区画出来。包括里面和周边的道路，以及标志性建筑物。比如银行医院学校之类。

我心想，这有何难？小区不就是一个大方块里面一堆小方块吗？

我太天真了。

该小区一共有三十八栋楼。总建筑面积一万平方米。
当我信步走进这个小区并遇到其中一栋楼的时候，我盯着这栋楼看了两分钟，然后绕了三圈，才敢确认，这个楼，居然真的长这样。

我作为一个见识短浅的人，此生只见过一字形的居民楼。

而这个楼，它是凹字形的。

不光是凹字形，凹字前面，居然还有个倒 L 型的楼跟它插在一起。

而在 L 型的前面，是另一个凹形，和它插在一起。

我绕着这三栋楼跑了好几圈才弄明白这到底是怎么个体位。

画到纸上之后，我还是不敢确定。但是眼前的三栋楼，确实是互相折叠插在一起的。

我慢慢地走进了小区中间。放眼向前一望，这个小区里所有的楼，都是互相插在一起的。

此时我的心情该如何形容呢？

如果这是一部好莱坞电影，就应该将镜头从主人公呆滞的脸上缓慢地绕着她旋转一周，绕到主人公的身后，直升机镜头向上拉起，升高到鸟瞰，整座由互相插在一起的居民楼组成的小区全景在宏伟的音乐声中展现在观众眼前。

当天气温三十二度。阳光暴晒。我跑了一下午，画出了这么一张图。

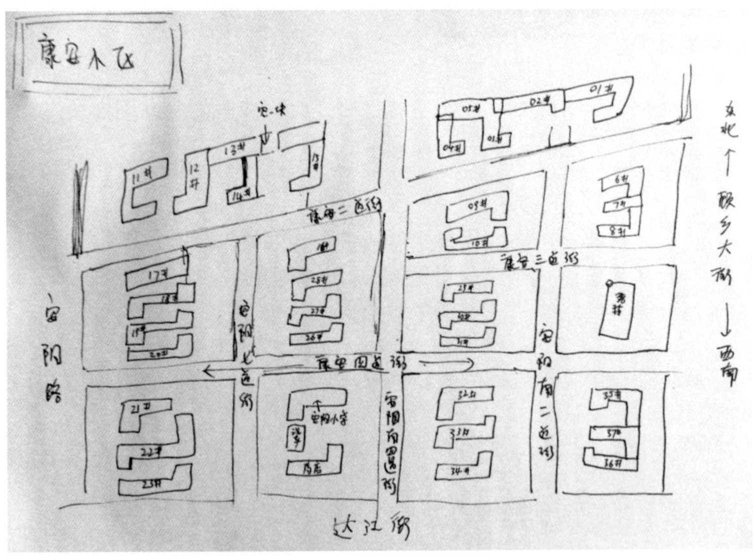

下面请看细节部分。设计师用了三栋楼，活活地拼出了一个“2”字。

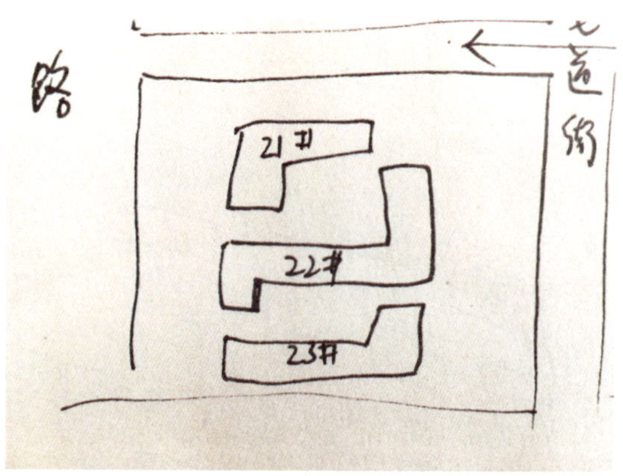

兄弟，设计楼盘不是俄罗斯方块啊。

大哥，所谓小区，不是让你用楼拼出一个区字啊。

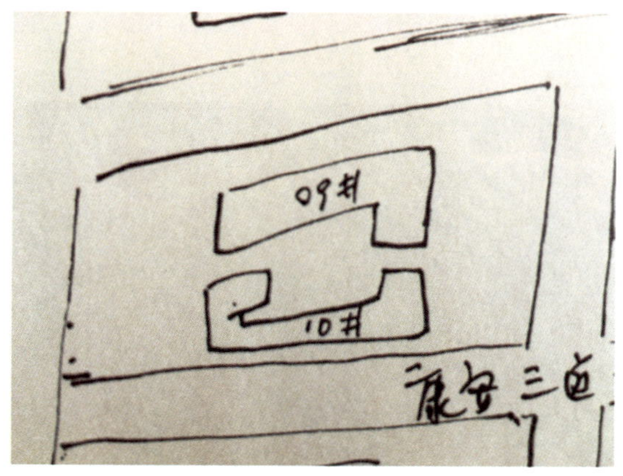

这位设计师，冤有头债有主。不管你生命中遭遇了什么，咱不能把楼整这样。

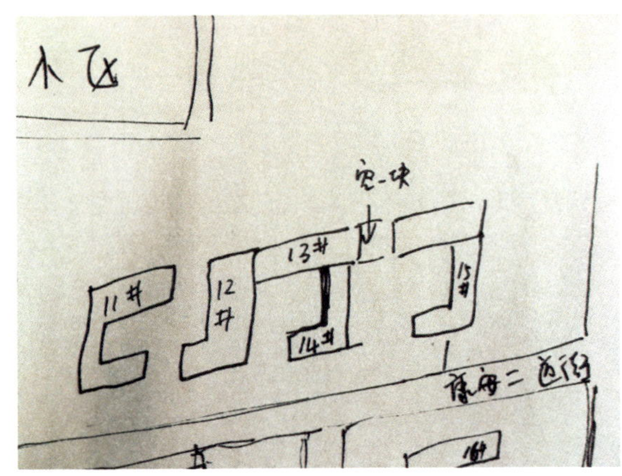

觉得我画得有问题吗？说实话我亲腿跑完画出来之后，自己都不相信。回来了第一件事就是查卫星地图。

此图可证，我是清白的。

设计师，说说这楼盘密码什么意思，你是在给哪个星球通风报信?

在这座城市里，有很多环境优美绿化优秀设计合理人模狗样的正常小区。不幸的是，我们店所负责的片区里，全是这种造型散漫重峦叠嶂饱经沧桑水泥楼道外墙斑秃的陈年老楼。

这附近的楼盘有多沧桑呢?

在片区里跑盘的路上，一个大姐很嚣张地拦住我问：你中介的吧?

我：是。您想办理什么业务?

对方道：我在哪哪小区有个 1972 年的楼。七楼顶楼。一室西向。二十三平方米。你给估个价。

1972 年的楼。大姐，你卖的是故宫吧?

你那楼都能当我爹了。咱老老实实等拆迁吧行吗?

回去的途中路过公司附近另一个门店，发现他们店里果然没有空调。店里一帮人西裤拉到大腿根，衬衫撸成背心，集体蹲在隔壁 KTV 门口蹭凉。

我走回超市，上到三楼，超市空调刚刚开放。我们办公室里其他同事——不好意思，是我们摊位里其他同事都在朝圣一般将脸伸向天花板上的空调。

这个在超市里卖房地产的摊位中算上经理共有八人。前文中我师傅窦姐已经出现过。由于窦姐是我师傅，最开始面对我时非常严肃。混熟后证明此人也是极为不正经。除窦姐外，还有两个男前辈。苏叉明和董叉龙。

其中苏叉明是 1989 年生人。身高一米八六，体重一百出头。瘦得前胸贴后背。一侧过身人就不见了。

此人是整个办公室不着调之风的奠基人。哈市本地人。对市内各区域各种楼盘街道非常熟悉。同时对各种街边美食深有研究。人家吃好吃的增肥，他吃好吃的长个儿。

只要有他在办公室内，跟你聊上两句，话题就会转向闲扯淡。打都打不回来。

没事儿喜欢调戏我师傅。

苏叉明：小窦，能不能跟我说说你的理想型是啥。

窦姐：我已经有男朋友了。

苏叉明：没关系。我也有男朋友。你可以跟我说。

窦姐：滚。其实呢，我只有上学的时候有过幻想。我就喜欢那种削瘦的少年，行色匆匆，穿着白衬衫……

苏叉明：你确定你说的不是卖保险的少年？

窦姐：滚。

苏叉明：你不是说销售的少年吗？卖保险也算销售啊。

窦姐：你嘚瑟是吧？削瘦！瘦削的瘦！

苏叉明指着自己的白衬衫：卖房产的少年考虑不？

窦姐白了他一眼：衬衫不能扎腰带里。

苏叉明正色道：我扎的是裤衩里。

董叉龙是本摊位的签单专业户。和苏叉明是两个极端。他就是我来面试时碰见的那个眼镜男。此人每天半句废话没有。出口必然跟工作有关。连中午吃鸡蛋灌饼的时候都是那么的深沉。

苏叉明问及窦姐在哪里住。窦姐将住址报上。董叉龙在一旁听见了，“嗖”一下蹿过来道：哎我有个客户老想买你们小区的房子了。你家哪栋楼的？几楼？啥朝向？多大米数？卖吗？卖吗？卖吗卖吗卖吗？我这客户可诚心了。你要是现在出手能卖得比市场价高呢。卖吗？卖吗卖吗卖吗？

窦姐：滚。中介勿扰。

有天中午去上厕所。董叉龙热情地要求同往。路上无话可说。快走到门口时，董叉龙道：跟我去男厕所吧。

我：不去。

董叉龙：你没去过男厕所吧。去看一下吧。

我：不看。

董叉龙：大姐你就看一下吧。我们这个厕所格局特别好。八室一厅。南北通透。报价六千五一平方米。支持公积金贷款……

同时此人对食物完全没有鉴赏力。吃饭特别实在。店里出去聚餐，菜还没上来呢，董叉龙招呼服务员：给我来碗大米饭。

服务员：大碗小碗的？

董叉龙：大碗的。

服务员把饭端出来了。

经理开始讲话。发表了一下感慨。展望了一下未来。

其间董叉龙坐在他旁边，一边往嘴里划拉饭一边凝望着他。

经理受不了了：你能不能把你那饭碗放下，我一讲话你就往死里塞饭，你对我有意见啊？

董叉龙：没有。

经理白了他一眼，跟大家说：我话说完了。咱们先干一杯吧。

说完大家都拿起酒杯。

董叉龙：我先上个厕所。

说完就跑了。

两分钟后回来。

经理：喝头一杯你就上厕所，你想咋地？赶紧的，自罚三杯。

董叉龙：季哥，我实在不会喝酒。我自罚三碗大米饭行吗？

经理：你滚一边去。端着你那饭碗去厕所吃去。别在这儿膈应我。

和我同时加入又和我同龄的另一个新人，赵叉丹。董叉龙的徒弟。长相甜美，性格彪悍。跟我非常合得来。抓钱舞跳得极嗨。此人大学学的是计算机专业，今年刚刚毕业。男友在同公司其他店面工作，赵叉丹从武汉某大学毕业来哈与男友相会，经人事部面试后，机缘巧合，分配至此店。此人每日同样是奇遇不断。长相好看作风彪悍。最近几天在办公室内回收矿泉水瓶成瘾，突然形成了划拉破烂的爱好。被经理带着去见客户，一进人家屋里，看见了墙角的矿泉水瓶就走不动了。经理跟客户说话，她就盯着人家的垃圾桶。等客户跟经理谈完，她上前问人家：你这瓶子还要吗？不要给我吧。

经理回来表示再也不带她出去见客户了。丢人。

在办公室里一有机会就挨个电脑桌前问：你这瓶还要吗？水还要吗？

我们表示不要了。赵叉丹就熟练地拿起瓶子拧掉瓶盖儿，单手一捏，另一只手再把盖儿盖上。然后塞进书包里。

苏叉明：电脑和桌子也不要了。你都拿走吧。

前天赵叉丹带客户去看房，房主家生小狗了，赵叉丹从人家那划拉了一只狗回来。业主还送了一盒狗粮。这两天一直养在董叉龙家。

跟她去看房，路上眼睛老往垃圾堆瞄。看见啥都觉得好。一旦接受了收废品的设定，赵叉丹已经越陷越深了。

昨天我们晚上多加班十分钟，帮赵叉丹收拾她囤积在办公室内的矿泉水瓶。

最后说一下经理。

经理是个非常热血的人。热爱房地产经纪事业。由资深业务员转向幕后做了店长。此店刚刚成立俩月，业绩稀烂。业务员基本都是不着调的人。但经理对此店非常有信心，一心想成就一方强店。每周开会都在总部立下目标，回到店里一下放，每周都是完不成。一到总部开周总结会就得被罚做俯卧撑。

经理，有热血是好事。但是你要认清现实。

实习完后去总部办入职，经理在入职书上签下了同意。

我：啊哈哈哈哈哈哈哈。

经理欣慰道：入个职把你高兴成这样，好。季哥没有看错你。

我：不是。季哥，你写字太磕碜了。

经理：闭嘴！

骑驴之路太坎坷。

2012.07.19

我们店有坐骑了现在，经理自己掏钱买的一个二手电动车。窦姐以前是在天津链家干的，对此表示非常欣慰，认为我们店代表哈市房产经纪公司，率先与大城市接轨了。电驴上任之后，我们店本来就懒得要死的各位业务员比以前更懒了。天天抢电驴出去带客户。一步不肯多走。经理又不放心让我们自己骑，他现在就是本店电驴司机，天天骑车驮我们出去见客户，档期排得贼满。大前天中午我有个安字片儿的带看，离我们店挺远的。经理表示等陪窦姐带看完回来就拉着我去。

我：不用，坐公交十分钟就到。

经理：不行。必须带你去。这是咱店看房专用座驾。就你还没坐过呢。我必须拉你去。等我跟你窦姐看完就回来接你。说完走了。

到了该出发的时候，我在楼下等他。跟客户约在十二点。经理在电话那头表示，我十一点半就能回去。

我蹲那儿从十一点十分等到十一点半，打个电话过去：你迟到了。

经理：马上马上马上马上。挂了。

五分钟后，再打：哪儿呢你?

经理：再给我五分钟。马上马上马上马上。

我：你家马多大啊，这老半天还没上去呢。

经理：闭嘴！说完挂了。

十一点四十，我打过去：季哥！赶紧的我跟客户约十二点！来不及了！

经理在那头很羞涩地说：不好意思。季哥掉沟里了。车还没弄出来呢。你赶紧找苏叉明带你去吧。

前天下午我有一个河叉小区的带看，同样离我们店挺远的。要穿过一个小区，穿过一个正街，再穿过一个小区。就到了。算来也有个两三里地。经理骑电驴带董叉龙去看美叉家园的房子。没在店。我自己走着去的。带看完正要往回返，经理电话过来了：房子看完没？

我：看完了。

经理：你在小区门口等着，我去接你。

我：不用，也没多远。

经理：不行！昨天就没接上，今天季哥必须用座驾把你拉回来。

我：好吧。

在小区门口坐了五分钟，经理骑着电动车来了。

经理：怎么样，快吧。

我：确实挺快，走着得二十多分钟呢。

经理自豪道：上车。

上车了。经理在前面边开边问：怎么样，咱们店福利好吧？以后咱们店的经纪人，出门看房，车接车送。

我：好。比人家普通单位五险一金双休带薪什么的好多了呢。

经理：闭嘴。

我给房主打了个回访电话。打完电话，经理在前面说：咱们店就数你住得最远。以后晚上下班季哥送你回去。

我：不用，其实也没多远。

经理：别犟。下班都挺晚了，你一个小姑娘自己走我不放心。骑车两三分钟就到了。

我：真不用啊季哥。你下班也挺晚的，还是抓紧回家陪嫂子吧。

季哥：你嫂子我要照顾。你们我也得罩着。我说送就送，瞎犟什么。

我：哦，行。

说完，我们的电动车缓缓地停下了，周围的滚滚车流超越了我们。

我：季哥，怎么停车了？

经理在前面沉默了两秒，咬牙道：没电了……

我此刻已经无话可说了。不就是坐个电驴子吗，怎么就整得这么坎坷。

我：季哥。我下来吧，咱推车回去。

经理：不行！你给我坐着别动！我就不信那个劲儿了呢。

说完，咔咔就开始蹬。我沉默地坐在车上，经理在前面卖力地蹬着电驴子。电驴的助力踏板特别短小，蹬好几圈儿才能走一米。经理就在前面左右左右左右左右左右迅速地晃，跟企鹅似的。

我在后面随着车的扭动左右小幅度摇摆：季哥，你老晃什么啊。

经理：昨天掉沟里把踏板摔瓢了，一高一低的。

我坐在后面左右摇晃没有话说，这电驴子不是像电动自行车那种特别轻快的，而是像摩托车那样的厚重机车款。季哥玩命地蹬了能有三分钟，我们前进了十多米。

经理后背都湿透了，撑住车说：不行了，季哥坨儿太大，这车带不动咱们两人，还剩一点点电，我下来吧你自己骑，应该能对付到地方。来，你骑，我走回去。说完下来了。

我蹭到前面，手握车把道：那怎么好意思呢。说完一拧油门蹿了出去。蹿了十多米，电动车缓缓停下了。还是没电。

我一回头，经理挥手道：你推回去吧我先走啦！

当然这是不可能的。上面的结尾是我编的。真实情况是我在前面蹿一会儿，没劲儿了停下，蓄点儿电，再往前一蹿。经理就在后面走着，我们匀乎着差不多同时到店。季哥人老仗义了。

回去路上经理骂道：就怨董叉龙个瘪犊子玩意。美叉家园上来不是有个坡吗？我说快没电了让他下去自己回店，我好来接你。腆个大腚坐那就是不下来，一直给他送回店我才过来，把电全耗光了。来接你的时候还有一格电呢，往回走就不行了。你看我回去怎么收拾他，死懒死懒的。

经理对于女性的态度，不管是认识的还是不认识的，全都是尊重与保护并存。昨天中午经理陪我去带客户看房，一套迎叉小区的小户型。客户开车过来的。一个男的开车。副驾驶坐着一个妹子。到了汇合点，该男的将副驾驶那一侧紧贴着墙停下了。

经理站在十米之外，当时就火了：行，真好意思停。我要是他媳妇我非干死他。

说完，那男的潇洒地从驾驶室下来，女的艰难地从驾驶座爬了出来。因为墙那边打不开。

看完房，交流完，送走客户。

我问：季哥，这客户怎么样？

经理：还行吧，能签单，就是停车跟脑子有病似的。

别闹了行吗?

2012.08.02

这是一件发生于 2012 年 7 月 29 日上午的真实事件。

当天上午我出门带看。和客户约定九点整在安阳小学门口见面。

八点四十我就到了，在门口朝学校里观望了一会儿。该小学校门是铁栏杆的那种，我闲极无聊，就用脑袋抵在校门两根栅栏之间打游戏。

抵了没到五秒，我玩着游戏很快入神，一个没注意，脑袋一下就出溜进了两根栏杆之间。

然后，就拔不出来了。

我调整了多次角度，怎么也拔不出来。然后还上下挪动一番，妄图在两根铁栏杆之间找个宽点儿的地方，未果。

背对着身后小区菜市场开市的嘈杂声，我脑袋夹在两根栏杆间百感交集。

百感交集也得拔啊，于是两手握着两根栏杆脑袋硬往外拽。

拽了两下，位置还是不对，耳朵都快蹭掉了。真想不明白当初是怎么出溜进去的。难道，这就是传说中的鲁班锁，任凭你多角度生拉硬拽，只有机缘巧合才拔得出来?

我就这么手握两根栏杆，脑袋夹在栏杆之间，面向着眼前寂寥空旷的操场，背对着身后喧嚣热闹的市场，突然有种超脱红尘永不回头的感觉。

生活啊，你最近真是想玩死我啊。实不相瞒，我一向觉得自己理应是个炫酷的人。但不知为何，似乎有某种强大的力量一直在极力地把我塑造成一个二百五。

我拔累了。一看，还有十五分钟九点，而客户一般都是迟到的。凭借着常人无法企及的良好心态，我决定先玩会儿游戏再说。

于是我就胳膊抱着两根栏杆，脑袋夹在栏杆之间，开始打游戏。打了不到两分钟，身后传来一个迟疑的声音：你好，请问你是来带我看房的吗?

我先是沉默了两秒，调整了一下心态，收起手机，屁股对着人家，脸夹在两根栏杆之间，艰难地做了个欲回头而不能的姿势，淡定道：先生你好。请稍等。说完开始矜持而羞涩地往外拔脑袋。

客户在我身后站了能有半分钟。终于忍不住了。上前把我抠了出来。

我出来了之后，还是很淡定地跟人家说：先生你好，不好意思久等了。然后一甩头发上前带路。

一直到看完房，这位客户都没敢正眼瞅过我。

你觉得这像编的吗，也许这么说你会觉得更真实一点。前天我带客户去看房，约在一个小学门口见。小学校门是铁栏杆的那种，我就头顶着两根栏杆之间打游戏。脑袋一下就出溜进去了，然后就拔不出来了。最后客户把我拔出来的。

人生的悲剧不会轻易结局。

2012.08.08

这事说来有点欲哭无泪。

上个月月底，我不慎夹入栏杆被客户拔出来的事件基本上已经享誉全国了。作为一个习惯性犯彪的人，我对此事当然是毫不在意。但昨天下午刚刚发生的一件事，让我不得不开始重新审视自己的人生。

昨天下午六点左右，我带看归来，再次路过安阳小学门口。本来是若无其事地从此经过。走过了好几米，我突然发现，周围一个人都没有。

我又退回去了。同时回想起，上篇文章的评论里，很多人一致认为，头能钻过去的空子，身体也能钻过去。

接下来的事情大家也想象得到了。

作为一个脑袋被夹过的人，我退回校门口，望着与我有过一夹之缘的铁栏杆，心理乱活动良久，左右回头看看四下无人，非常自然地决定实践一下上文中说到的这个理论。

我就开始挨个栏杆空档里插头。插到第六个空的时候，这种熟悉的感觉果然来了！我故地重夹了！

我当时居然还窃喜了一下，然后信心百倍地侧过身，右腿迈进栏杆里，顺势使劲往右一挤。

整个人就夹在了当场。

说头能过去身体就能过去的那位，你上次过去的时候是什么年代啊？你知不知道儿童和成年人的头身比是不一样的啊？你现在知道了吗？

当时顺着惯性，我一半身体都过去了，然后栏杆就卡在了两胸之间。右胸硬挤过去之后，我半侧着身，头歪在校门里侧，扎着马步，整个人夹在栏杆里，左边大半扇儿是咋都过不去了。

我当时的心情真是难以述说。曾几何时，我以为自己是生活所迫彪不由己，事到如今，不知道自己是彪过一次心理产生了变态还是潜在的本性得到了释放，我觉得我是真彪。

我扎着马步整个人夹在校门铁栏杆里，思索了很多。

作为一个文学家，我第一想法是，各位读者，我不是为了更新才这么做的。我还不想就此成为一个钻栏作家。

然后，我想的是，我是应该退回来拔头，还是冒着卡死的危险硬往前挤？

由于已经有过拔头失败的前科，我决定走第二条路线。

结果当然是卡死了。

然后我又想到了一个电影，叫 127 小时，讲的是一个男的出去探险，掉进山涧里胳膊被落石夹中，最后历经 127 小时断臂求生的故事。根据真实事件改编。

作为一个被栏杆夹住胸部的青年妇女，我还是别被改编成电影了。此时距离我最初被夹，已经过去了大约十分钟。周围还是没有人经过。这一幕没能被记录下来真是太可惜了。寂静无人的校园里，晚风徐徐吹过，在落日余晖的映照下，铁栏杆上夹着一个璀璨的成年女性。

我的心情当然是非常矛盾。不叫人，我不知道什么时候能出去。叫了人，我肯定得上新闻。我还不想年纪轻轻就进入娱乐圈。

随后我突然想到，现在小学正放暑假啊。铁门紧锁，校园空空。再不做出点努力，我有可能会被夹到九月一号。

然后我呼吸困难地冷静了半天，心一横，气沉丹田收胸挺腹，使劲往右硬挤。

这一分钟太漫长也太胸痛了。

等我整个人挤过栏杆站到校门内的时候，我觉得我的左胸已经被撸到了腋下。

然后我很快跑到学校教学楼后面找了个能借力的地方从墙上翻过去情绪很复杂地溜回店里。

这事到此为止。成年人请勿模仿。有不服的可以自己去试。敬告所有跟我一样彪过一次就想彪到极致的人等，请克制自己轰轰烈烈彪一场的心，没事别给消防员添麻烦。

卖房就那么不重要吗?

2012.09.01

早在入行第一篇文章中我就详细描述了哈尔滨是一个被规划得多么随意的城市。尤其是我所在的这个片区，街道的走向全都是东南西北西南东北横七竖八瞎交叉。某些小区里的居民楼有凹字形的，L 型的，Z 型的。前两天我还非常震惊地亲眼见到了一个 M 型的。

真怕哪天会碰到一个肯德基型的。

由于楼体的排列和形态都很随意，楼内户型的朝向也基本非常诡异。我曾经天真地以为人类居住的空间都是南北向或者南向的。来到这里才知道，你作为一个民房，可以有东西向的，东向的，西向的，东南向的，东南双向的，西南向的，西南双向的。最操蛋的还有北向的，东北向的，西北向的。

上个礼拜我有幸见到了这样一个小房。使用面积 29 平方米，1995 年，西北向。窗户对着的是另一栋楼的侧墙。与对面墙壁间距不到五米。这小房的户型是啥样的呢，一进门，左边墙上贴着一块卫生间。

这句话难理解吗？若非亲眼所见，我是真不明白。但是，一进门之后，门后的墙上，真的贴着一块卫生间。一米见方，围出一个小方框，就贴在墙上。里面是一个蹲厕。卫生间后面是厨房。

这位民房，你真忧伤。

然后我当天带着客户去看此房，房主甩着钥匙站在厨房里——其实基本上就是门口。

客户：这楼老了点啊。我之前一直看的都是两千年的。你这房子是哪年的？

我：1996 年的。

客户：哦。那也差不了几年。

房主：错，1995 年的。

客户看了我一眼。

我还非常皮厚地说：年限老也有好处，没准过两年就动迁盖高层了哪！

客户微微点了下头表示认可。

房主正义凛然道：动迁？动不了。能动迁谁还卖啊。

客户深深地看了我一眼，我深深地看了房主一眼。

跟着客户进卧室，卧室的窗户被对面楼的墙挡得死死的。作为一个西北向的挡光房，一丝傍晚的阳光从对面楼边儿擦过照到侧墙上。

客户：你这房子是西向的啊，就下午有阳光吧？

我在一旁厚着脸皮说：上午采光也还行。朝向都不正，西偏南，西南向。

客户：哦。

房主：错，西北。

我再次深深地看了房主一眼，哥们儿甩着钥匙神情超然。大哥，你做人的原则我很欣赏。但是此时此刻，我真想踹你一脚。

第二天另一位经纪人史井叉带客户看房，因为各位居民楼的排列方式比较盘旋，他头回去看怕找不着地方，由我陪同前往。路上客户自然是详细询问关于此房的信息。最后问道：啥朝向来着？

史井叉：西向。

客户哦了一声。

史井叉迅速补充道：西偏南，西南向。

然后非常紧张地凑我跟前悄声问：房主没在上面吧?

我白了他一眼，摇摇头。史井叉同志非常幸灾乐祸地带客户上去了。

三天后，该 1995 年西北向窗户面壁基本毛坯使用面积不到 30 平方米的小房被不明人士买走。

不知道这位客户是不是被房主的实诚给打动的。

我以为这位房主已经够超脱了。结果上礼拜又碰上一个更脱的。之前带客户看房的时候就跟他通过话，此业主一直都是全天在家看房随时。中介带客户去了，起来给开个门，然后展示一下供暖票据上的使用面积，就坐回去上网，一句话没有。报价比别人贵一万，且一分不谈。

随后我客户不幸相中此房。应客户要求，大前天早上七点我去跟房主交涉。

上楼之后，双方寒暄了一下。我说：昨天带看过的客户觉得您这房子不错，想约您去我们公司谈一下。您这房产证什么时候能到位?

业主：房产证上，是我妈的名，证件在她朋友那，你先坐着等我一会儿。

屋里没有椅子，业主在主卧上网，我只好坐人家床上。

业主打电话：妈，你把于医的手机号给我，我找他要产权证。

说完记下一个号码。然后打电话：于医啊，你今天，能不能把产权证，给我快递过来?

对方说的啥我就听不到了。

挂电话，转述：你坐着等会儿，他开会呢。

说完继续刷网页。

我在那坐着，十分之无所事事。这哥们儿家卧室里供着俩大佛龛，满屋一股烧香味儿。

我：魏先生，我那客户对您这房子是挺相中，今天早上大清早让我过来到楼下打听咱这栋楼的供暖情况。我这头是小区内外环境都给问明白了，客户也觉得挺满意，就差找您唠价儿了。我就先替他跑一趟，想问问您这报价方面，价格还能往下谈多少？

业主非常淡定地说：我这价，就这样，一分不谈。

我：魏先生，您别逗我了。新叉小区的房价您也不是不知道，哪儿合得上一平方米一万啊，前天我们刚卖出去一个跟您家户型一样的，就门口 103 栋的，业主电话我都可以直接给你，他家精装修，报的一平方米一万，36 平方米 36 万，最后 35 万成交的。

业主更加淡定地说：我就报这个价，35 平方米 35 万 5。一分不讲。昨天有人想给我现金 35 万，我都没卖。

我：魏先生，你就跟我透个实底儿呗，我待会儿再跟客户唠心里也有个数。不管是谁买房肯定都得跟您讲价呀，价格谈不拢咱去了也是白折腾，您就跟我透个数吧。

业主：35 万 5。

我：魏先生，人家精装修的才报一平方米一万哪！

业主：我报的价，也不是瞎报的。我也不是好占人便宜的人。你看我家这窗户，双层铝合金的。值个八九百。你看，我家这网线，交到来年一月份呢。你看我家这灯，值个六七百。我家还有有线电视线呢，全都有。这不都得算在成本内么？

我略微崩溃了一下，只好附和道：是。您家这生活设施是挺齐全。

业主：你看见我那佛龛没，我信佛的。一切随缘。有缘分的人，三十五万五，能买就买。没缘分的人，给我多少钱，我还不卖呢。

我在那憋了一会儿，说：先用一下洗手间啊。

然后进去想试一下下水如何，一按，马桶不带抽水的。

我仰天长叹了一下，出来道：魏先生，你家这厕所怎么不能冲水啊？

业主淡然道：我家吧，都用盆接水冲，省水。

我：大哥，一般人家厕所都带抽水的啊，您看您这生活设施这么全，怎么不给人买方配个水箱啊。你看你是不是得把安水箱的钱给人家让出来呀。

业主还是很超然地说：我那有线电视线，都给他们留下了。

我：有线电视也不能冲厕所啊。

业主神态依然那么飘渺，说话和颜悦色慢声细语的，直接忽略我道：我先给你嫂子，去个电话，让你嫂子，上我朋友那，去取产权证。

说完打电话，没接通。

放一边儿了。对我道：没接通，在车上呢，听不见。你再坐这儿，等会儿。等她到单位了，我再给她打电话。

说完去厨房收拾餐桌去了。

我在他家佛香缭绕的卧室里，实在没有事干，只好研究佛龛。有两尊镀金佛像，各自高约一尺，背景衬的黄缎上写的各路神仙的名字。有种看封神榜演职员名单的感觉。佛像香前一个小莲花灯，一个方形香炉，还有几个小罐罐，里面分别装的玛瑙、珍珠、珊瑚以及其他看着像矿石但是不知道叫啥的东西。

我问：这是啥?

业主说了一个菩萨的名和一个听着非常印度的名，我全部没能记住。但依然本着套近乎的心理，卖力奉承道：哇，听着好有文化的感觉。

伴随着这一句附和，业主活活给我讲了半个小时的佛啊，缘啊，儒家啊啥的。并强行展示了一堆宗教藏品。

我假装很好奇，装得很痛苦。其实我对别人的信仰是没有任何异议的。问题是，此情此景之下，客户大哥的电话短信是一堆堆地催。这哥们儿在外地上班，出差一个多月，一直没时间回来看房。难得请假回来一趟，一天看房一天拍板儿，档期排得那叫一个紧。我只能假装信号不好跑厨房去汇报：少安勿躁，业主这儿也急得很，房产证在老太太朋友那儿，他们正积极争取呢，我尽快给您消息。

说完，我又回到了业主大哥飘渺的卧室。此时此刻，我仍然认为业主是装的。打算刺激他一下。假装给经理打了个电话说：不行啊季哥，业主产权证拿不过来，我客户那头还挺着急的，真是诚心客户，今天就得定。实在不行我再带他去看看别的吧。

挂了，我等候着业主的反应。

对方依然是非常和缓：他要实在着急，你就让他定别人家的去吧。房产证能不能拿来，也不是我说了算。不要着急，看缘分。我是不着急，今天卖不了，我就自己住。缘分到了，自然就卖了。

我无言以对。只能强颜欢笑。

业主：你等我给你嫂子去个电话，你也不用着急，坐。

我能不急吗我，产权证拿不来就不能签单，签不成单我还一堆日常任务量呢。

给嫂子的电话依然没打通，业主开始刷网页。

我：大哥是做什么工作的？礼拜一还这么休闲。

业主：我是搞工程的，那头资金还没到位，进度都压着呢，等资金到位了我们就忙了。

我：哦。

业主背对着我淡然道：我这两天也没啥事干，在网上买东西玩，你看我这手机，网上买的。才一百七，功能特别好。

我只好假装很有兴趣地上前摆弄一下对方的手机。

业主指着身后床边六大包棉被：你看我买的被，带枕头的，枕头三十块钱，被八十八，六件包邮。可好了。

我早在进门的一刹那就被这座被山吸引了，一直没好意思问。大哥，谢谢你，你点拨了我。

业主：打开看看吧。

我只好又假装很有兴趣地拆了一包被观赏，拿出枕头爱抚着说：手感确实不错呀，真挺好的。

业主很淡然地点了点头。

然后我把枕头塞回包装里，一拉拉链，“酷叉”一下拽秃噜了。

我手拿着拽下来的拉锁头尴尬地回头瞅了一眼业主：不好意思啊，我给拽坏了……

业主淡定道：没关系，这也是缘分。

我憋了一秒，默默地把枕头往里掖了掖。

业主指着电脑说：你看我给你嫂子买的香水，二十九块钱包邮。应该快到了。

我：哦。

业主：我还给你嫂子买的瘦腿精油，九块钱一瓶，还包邮。

我：……哦。

业主：刚学会上网买东西，特别有瘾。你看我这屋里堆的，全是网上买的。

我：……哦，呵呵。

业主：我还买了一个电茶壶，给你嫂子买了件冲锋衣，一百多块钱，也挺好。应该也快到了。

我：哦是吗，挺好的。

业主：你先坐吧，我擦个地。

然后去卫生间拿出一个擦地那东西，在卧室里蹭地板。我无所适从地坐在床上，注视着他擦地。

也不能光这么瞅着啊，还得搭话。

我：……大哥真贤慧啊。

说完在内心抽了自己一耳光。

业主：没事做做家务也挺好，修身养性。

我：是，看出来了，您这说话不紧不慢儿的，脾气真好。

业主：我以前脾气也不好。以前做招商的，天天跟客户吵。什么人我都见过。现在这是磨出来了。

此时我是无话可说，只能注视着业主大哥娟秀地擦地板，擦完地板擦客厅，擦完客厅擦厨房。半个小时就这么过去了。

业主擦完了，扔给我两包零食：别干坐着，吃这个。

我手捧着两包零食，强颜欢笑，心如刀绞。咬牙道了声谢，放一边儿了。

业主终于再次坐回电脑前，拨电话。通了：媳妇啊，我给你个号，你问一下于医，他要是没有时间，你看看你能不能去他家取。你记一下吧。

说了个号。挂了。

转向我：你再等一会儿啊。你嫂子给问呢。

我用一种迎接曙光的表情点了点头。十分钟后，电话回来了：你给的号码不对吧，我打半天都是空号啊。

业主：不能吧。我试一下。说完挂了。开始拨号。拨了半天，空号。

业主：你等会啊。我再给我家老太太打个电话。拨电话。问：妈，你再说一遍于医的电话是多少……不是 151 的吗？哦，哦。我记一下。

记完了。再次打给他媳妇：刚才那个号错了，你再记一个号。说完报上，挂了。转向我：等一会儿啊，我让你嫂子给你问一下。

我压抑着血压点了点头。

十分钟后，电话回过来了。业主：啊，那行。挂了。面向我：今天取不了了。我那朋友今天中午不休息，没有时间。只能晚上回家拿了给送过来。今天肯定是没有时间了，晚上吧，晚上他送来了，明天早上我再去你们公司。

我当时在此床上活活坐了一上午，等到这么一个结果，岂能善罢甘休，问道：你今天不是一直在家吗？不上班吧？

业主：不上班。我今天就在家。

我：那咱俩去取呗？我有电动车！

业主淡然道：不行，我今天走不开。

我一看他这么严肃，也不敢造次，小心问：您还有啥事儿吗？

业主：我淘宝买的东西快到了，我得在家等快递。

为什么上面会有这么一片空白，因为我当时的大脑就是这样的。

随后我调整了一下心情，最后跟他挣扎了一下。业主的态度是，此事不能强求，你强求也没用。强求无果后，我冷静了半分钟，万念俱灰道：那就不打扰您了，我先走了啊。晚上产权证拿来了，明天一早咱们在我们公司见。

说完含恨下楼。

走到一半，业主突然开门叫道：等一下！

我当时一个急刹差点栽楼下去，赶紧回身，跑上楼，难道是有转机？

业主扔给我两包零食：这个你还没拿呢。

说完把门关了。

我当时就把那两包小零食捏爆了。

经理电话过来：怎么样什么情况？

我沉默了两秒说：季哥，别问了，一言难尽。

说完悲壮地挂了电话。然后一路电驴子五十迈拧到底回去的，超越公交车无数。

晚上我又心情复杂地给业主去了个电话：魏先生，产权证拿到了没？

业主：送来了，明天早上你安排完时间我去。

我放心道：好，行，明天早上我再给您去电话。

业主：恩。还有一个问题。

我一下紧张了：您说。

业主：你们单位能上网吗？

我：能啊，啥事儿？

业主：我现在淘宝页面上图片都是叉，你上一下看看。

我：……

然后上了一下，显示正常。我：我这是正常的。你换一下浏览器试试?

业主：哦。半分钟后：还是叉。

我：那就是你那网速现在不太好，明天就好了。

业主：哦，好，没事了。

我：……再见。

第二天早上，买卖双方终于全部到场。来之前我跟经理说：季哥，卖方太超然了，贼淡定，我看这价是谈不下来了，怎么整?

经理：房子怎么样吧。

我：房子是挺好，买方也相中了。问题是这也太贵了，我跟客户咋交代啊。都说了给人家探底去了，在那混了一上午啥也没整明白。

经理：看情况再说吧。

客户来了。非常凝重地跟经理唠了半天，气氛自然是一派紧张严肃及正经。业主到了，神色依然是超然得很。我上去倒水。

业主：这个茶壶我也买了，今天就能邮到。

我现在的主要表情就是强颜欢笑。

请问谁有经验，如何与一个醉心于淘宝的佛教徒交流，望赐教。

最后这一单还是圆满结局。客户是难得一遇的爽快人，双方互相看得很顺眼。按业主的意思就是，缘分到了自然成。不能说人淡定过头，主要是我境界不够啊。

封神榜。

2012.10.06

客源编号：NXA000743
刘女士

我：你好请问是刘女士吗?
刘：是。
我：你好，我是大盛地产的，您是想在道里区买房吗?
刘：是。
我：想买多大米数的?
刘：五六十平方米就行，一楼，要能种菜的。
我：种……种菜啊?
刘：对。
我：行，想在什么地段买啊?
刘：新阳路。
我：……那是市中心吧?
刘：别的地方只要能种菜也可以，就道里这一带。
我：好，那我给您找找。
挂了。

回头开始找，找了十来分钟，找到一个一楼带花园的。给刘打个电话。

我：刘姐，一楼带花园的行吗?
刘：花园能种菜吗?
我：不能。
咔。挂了。

再找。半小时后，找到一个一楼带草坪的。

三打。

我：刘姐，一楼带草坪的行吗？

刘：草坪能种菜吗？

我：……不能。

咔。又挂了。

经理：你就告诉她能种不行吗？！

客源编号：LCZ000738

陈先生

我：你好请问是陈先生吗？

陈：你好。

我：我是大盛地产的，您是想在道里区买房吗？

陈：道里南岗香坊都可以，首付越低越好。

我：哦，想要多大米数的？

陈：35 平方米不超过 40 平方米。

我：顶楼也可以吗？

陈：顶楼也行。

我：总房价要控制在多少万以内？

陈：30 万左右吧。

我：我们这儿刚好有一顶楼，性价比非常之高，使用面积 38 平方米，报价 31 万。

陈：首付多少？月供多少？

我：首付最低 8 万。贷款 23 万贷 20 年，月还款 1700 左右。

陈：太贵。

我：这你要还嫌贵那我就只能出绝招了。还有个差点被我们公司同事买走的小顶楼。使用面积 37 平方米，29 万。

陈：这个还行，首付多少？

我：首付最低 3 万。贷款 26 万贷 20 年，月还款应该在 2000 左右。

陈：太贵。

我：这还贵啊，那你想要啥样的？

陈：有没有零首付月供 1500 的。

我：……你说的应该是传说中的租房。

客源编号：GXC003247
李先生

我：你好请问是李先生吗？

李：你好。

我：你好，我是大盛地产的，您想在道里区买房是吗？

李：我想在安发桥附近买个顶楼。

我：哦，您是商业贷款？

李：公积金。

我：安发桥附近都是八几年的，最新的也是1995年的，房龄超过15年就不能用公积金了。

李：我知道。

我：那你还说要安发桥附近的。

李：我知道。

我：建国街附近的行吗？

李：也行。

我：想要多大米数的？

李：米数没有限制，只要能上去就可以。

我：……什么叫能上去？

李：就是能上到楼顶的。

我：……你上楼顶干嘛。

李：玩。

我：你要养鸽子是吗？

李：烧烤。

我：烤乳鸽吗？

李：不一定。

我：……好吧。哎，我知道有个西大直街的，七楼顶，能公积金贷款。楼道里有天窗，我上去过。

李：不要，太远了。

我：安发桥附近真的没有。

李：你帮我找找吧。

挂了。

按照经理指示，此类要求无理的客户基本上就是无效客户。遂在记录本上将此人删掉。

两天后，接到一个来电。

对方：你好，我看到你在网上发了一个西大直街的顶楼。

我：58 平方米 45 万那个是吧？

对方：嗯。这个顶楼能上去吗？

我：……我知道你是谁了，我大前天给你打过电话。

对方：是吗？

我：你姓李是吧？

李：是。

我：你说你要公积金贷款，我当时就给你介绍这个顶楼来的。

李：是吗？我不记得了。

我：这个顶楼能上去，楼道里有天窗。我上去过。挺好玩的。

李：是爬上去的还是走上去的？

我：爬上去的。

李：我不要爬上去。我要走上去的。

我：……啥叫走上去，天窗下面是那种小铁圈脚蹬子，肯定得爬上去啊。

李：我不想爬上去。我想走上去。

我：你是想堂堂正正地上楼顶是吗？

李：算是吧。

我：……有那样的吗？

李：有。

我：……哦。你这么一说我想起来了，你说的是那种七楼顶楼带一段假八楼的是吧？就是七楼往上还有楼梯，要盖八楼没盖成，然后开个大天窗直接上顶楼。

李：对。

我：那样的都是老房子啊，八几年九几年的有。2000 年后的都没有啦。

李：我同事在安发桥买了一个就是那样的。

我：带楼梯能走到楼顶上去的？

李：对。

我：哪年的房子啊？

李：1994 年的。
我：那不就得了！
李：那我再看看吧。
挂了。
我将此人存入电话本：楼梯上顶楼李。

两天后，我给别的低首付客户在系统里找房。翻到一个顶楼，打电话给业主了解了一下情况。挂电话之前，我顺便问了一句：您这个顶楼能上去吗？

业主激动道：能啊！
我顿时也激动了：真的啊？是爬上去还是走上去啊？
业主：走上去的！
我：就是七楼上面还带一段楼梯，上去了有个大天窗的那种？
业主：对！
我：缘分哪，正好有客户想要这样的，我马上告诉他去。您等我消息啊。明天看房方便吧？
业主：方便方便方便。
我：好嘞。
挂电话。

给楼梯上顶楼李打电话。
我：小李同志，你要的房子我找到了。建国街哈药路那有一个顶楼，能走上楼顶。
李：能不能公积金啊？
我：不能。
李：我要用公积金。
我：上顶楼和公积金，这俩条件哪个重要？
李：公积金。
我：不早说，还以为你最想要个能上顶楼的。
李：我公积金交好几年了不用也是浪费。
我：那你还要不要上楼顶了？
李：找了好长时间也没有合适的。有那种阁楼带露台的也可以考虑。
我：还要不要安发桥的了？

李：不要了，只要能公积金的都行。

我：这还差不多。海富叉城有一个小阁楼，41 平方米，南北一室明厅，带个十平方米露台。

李：有个问题问你。露台有没有什么保护措施?

我：边上有栏杆。

李：不是。我想问问露台会不会掉下去?

我：……露台是六楼的楼顶啊。为什么会掉下去?

李：哦。原来是楼顶。我还以为是支出来的一块板儿呢。

我：……

李：那这个露台是走出去的还是爬出去的?

我：是从客厅窗户爬出去的。

李：我要走出去的。

我：对不起。我说错了。是从客厅窗户走出去的。

李：真的能走出去吗?

我：能。

李：这个房子我挺想看看的。

我：那就来看呗?

李：我现在行动不方便。

我：怎么了?

李：出车祸了。上钢板呢。天天在床上躺着。

我沉默了一秒，心想，不能看房你咨询个屁，浪费我宝贵热情。

但作为一个成熟的服务从业人员，我只能假装关怀道：啊，这可是大事啊，养多久了?

李：一个多月了。

我：那应该要拉练了吧? 我以前有俩朋友出过车祸，一个是胳膊断了一个是腿断了，恢复期挺难熬的。拉练特别痛苦，你得找个朋友陪着你。

李：是吗，有多痛苦?

我：用一个铁球拽，防止胳膊腿儿抻不直。

李：真的啊? 好可怕。

我：所以你得找个亲戚朋友什么的陪着你。恢复期很重要，一旦退缩以后就总也抻不直了。千万要忍住，不能怕疼就不练了。

李：可是我伤的是锁骨。

我：……不早说。

李：你也没问啊。

我：你出车祸为啥会伤到锁骨啊？

李：撞方向盘上了。

我：……那你现在应该没啥大事吧。就是不能回头了？

李：回头就得全身回。

我：……你那叫转身。

李：哦。

我：反正你也不能出来看房，我就不打扰你了。好好躺着吧，拜拜。

李：拜拜。

挂电话。按照经理的方针，不能看房的客户也是无效客户。再次删掉。

十分钟后，电脑上弹出提示：访客 a13b5 正在访问您的信息海富叉城南北一室明厅赠露台，要不要和他打招呼？

我点了一下自动聊天：你好，想在道里区买房吗？

访客 a13b5：是我。

我：是就是呗，啥叫是我。

访客 a13b5：你刚刚给我打过电话。

我：我没有。

访客 a13b5：打了。

我：没打。

访客 a13b5：我是你李哥，在看你刚跟我说的阁楼。

我：哦！全身回头的那个！

李：……对。

我：看吧。照片就是我拍的。

李：挺好的。你等我恢复好了就找你看房。

我：好吧。

李：我去散步了。拜拜。

我：小心不要回头。拜拜。

再次将此人存入电话本：全身回头李。

客源编号：AYE000086
侯先生

此人我已经带看过一次。

第二天给我打电话：昨天咱看的那个阁楼，我想在里面搭个架子做个小复式可以吗?

我：可以。

侯：还有卧室的屋顶太矮了，我想往上掏掏可不可以?

我：……你等一下。

转向经理：季哥，我客户嫌阁楼的坡顶太矮，想往上掏掏给掏高点，行不行?

经理：行。

我转向客户：行。

侯：还有客厅的屋顶，我想掏个窗户，行不行?

我：……你等一下。

转向经理：季哥，我客户问能不能在楼顶上掏窗户?

经理：你客户想作死啊?

我转向客户：我们经理问你想……问你想干嘛?

侯：就是想开个天窗啊。

我：……你是想整个敞篷的?

侯：对。

我：……稍等啊。这个我没整过我马上帮你问问。

转向经理：季哥！到底能不能开天窗！

经理：能。跟物业打好招呼就行。

我转向客户：我们经理说，跟物业打好招呼就行。

侯：好我知道了。

我：你还想掏点啥别的吗?

侯：暂时就掏这些，谢谢。我回去凑首付去了，再见。

我：好……再见。

我爱上了一个女的。

2012.10.15

昨天早上我跟董叉龙出去带看。送完客户，就地在附近找了一家包子铺吃早饭。

此包子铺门面是个半地下，形态跟我们总部差不多。室内几张小方桌，桌下分布小圆凳，墙上贴的凉菜名。整体环境散发着一种淡淡的普通包子铺的气息。

董叉龙：老板娘，有现成的包子吗？
老板娘：有。
董叉龙：有多少啊？
老板娘：你要多少？
董叉龙：来一屉就可以。
老板娘：你确定？
董叉龙一愣，说：啥确不确定啊，我一般一屉就够了。
老板娘：你确定？
董叉龙迟疑道：……你家包子一屉多少个啊？
老板娘：三十来个。
我：哈哈哈哈哈哈哈哈哈。

董叉龙：不好意思啊。我以前吃的都是小笼包。一屉八个。笼屉跟盘子那么大。
老板娘：我家这是大菜包。笼屉跟车轱辘那么大。
我：哈哈哈哈哈哈哈哈哈。

董叉龙：那我来仨吧。
老板娘：有猪肉香菇葱姜牛肉韭菜鸡蛋，要什么馅的。

董叉龙：要仨韭菜鸡蛋馅儿的。
老板娘问我：你呢？
我：我吃过了，谢谢。
老板娘：不客气，又不是白给你吃。
我：哈哈哈哈哈哈哈哈。

包子上来了。
董叉龙：有粥吗？
老板娘：有。
董叉龙：都有啥粥啊？
老板娘：大米黑米红豆绿豆。
说着示意一下旁边一排铁桶：拿碗自己盛。
董叉龙：哟，还是自助粥！可以续碗吗？
老板娘：可以，续一碗一块钱。
我：哈哈哈哈哈哈哈哈哈。

董叉龙：有没有不要钱的？
老板娘：有，自来水。

我：哈哈哈哈哈哈哈哈哈。

仨包子很快吃完了。
董叉龙：姐，再给我来一个韭菜鸡蛋的。
老板娘：韭菜鸡蛋的没有了，有西葫芦鸡蛋的。
董叉龙：我就乐意吃韭菜鸡蛋的。
老板娘：没了。
董叉龙：你刚才不说有一屉呢？
老板娘：我拼屉不行吗？
董叉龙伸头上前看：你看这一大盆呢，肯定有。
老板娘：你包的我包的？
董叉龙：你看这不都一样吗，怎么看出来啥馅儿的。
老板娘：那你能看出来吗，你能看出来你就拿吧。

董叉龙对着一大盆包子开始研究。老板娘：拿错了你就把这一盆全吃了。

我：哈哈哈哈哈哈哈哈哈。

董叉龙带着哭腔道：大姐你怎么这样呢?

老板娘：吃半盆也行。

我：哈哈哈哈哈哈哈哈哈。

董叉龙：唉，我还没吃够呢。

老板娘：粥喝够没，喝粥吧，一桶呢。

我：对，你喝粥吧。

董叉龙：你闭嘴。

说完心有不甘地四下看看，突然惊喜道：哎呀你家还有鸡蛋羹呢。我来碗鸡蛋羹吧。

老板娘：那是我刚买的。

我：哈哈哈哈哈哈哈哈哈。

此刻我已经产生惯性了。不管老板娘说啥，我下意识就开始瞎笑。

董叉龙：那就那么地吧，我先走了。

老板娘：你可以等，我给你现包。

董叉龙：我等不了了，再等一会我同事就笑疯了。

随后我们非常不舍地离开了此店。

当然，董叉龙之所以不舍只是因为韭菜馅包子还没吃够。

此包子铺位于新阳路家乐福附近，我决定以后有机会要来这店里做兼职。

大盛，快收了神通吧。

2012.11.27

姓名：周叉心
性别：男
组别：联华 C 组
职务：见习置业顾问

周叉心：你好，请问是刘先生吗?

刘先生：你好。

周叉心：刘先生你好，我是大盛地产的，你是有个美叉家园的房子要卖对吧?

刘先生：对。

周叉心：房子卖出去没哪?

刘先生：还没。

周叉心：那现在还卖吗？

刘先生：……还卖，你有什么事吗我这正忙着呢！

周叉心：哦。你忙着那，我没什么事，我就是给客户找房子。

刘先生：……

周叉心：你这房子是三联单的吗?

刘先生：有证，刚下的。

周叉心：刚下的啊。

刘先生：……对。

周叉心：什么时候下的啊?

刘先生：刚下的！

周叉心：啊。

刘先生：你要有事能快点问吗，我马上要上班了！

周叉心：啊。那有税啊。

刘先生：对！有税！

周叉心：啊。什么朝向啊？

刘先生：南向！

周叉心：啊。南向的啊。

刘先生：……

周叉心：有装修吗？

刘先生：毛坯！

周叉心：毛坯啊。

刘先生：……

周叉心：毛坯到什么程度啊？

刘先生迅速挂断。

姓名：谢叉铁

性别：男

组别：安阳 D 组

职务：见习置业顾问

谢叉铁：你好，请问是王女士吗？

王女士：你好。

谢叉铁：哎王姐你好。我大盛地产的。姐你是想在公路大桥附近买个四十来平方米的房子不？

王女士：对呀，你有啥好房子吗？

谢叉铁：可不呗，我跟你说啊姐我这刚上来一个河州街的房子，使用面积四十二平方米，南北通透精装修，才卖四十二万哪。

王女士：几楼的啊？

谢叉铁：六楼。

王女士：哎哟，太高了，我就要一二楼的。

谢叉铁：王姐你有所不知，别看楼层高，这房子条件好。四十平方米小户型，多难得，还精装修。啥税都没有，可好了。

王女士：不行。我腿脚不好。

谢叉铁：那正好多爬楼梯当锻炼了。

王女士：……

谢叉铁：是不王姐？是不？是不是不？

王女士：不行，六楼太高了，要是带电梯的还行。

谢叉轶：带电梯的不好哇。我妈就说，可不能坐电梯。掉下来不蹾死了吗？

王女士：……你那到底有没有好房子？

谢叉轶：有啊。刚才我跟你说那个多好啊？

王女士：我不说不要六楼的吗？

谢叉轶：六楼多锻炼人啊！正适合腿脚不好的啊！

王女士迅速挂断。

姓名：刘叉强

性别：男

组别：安阳 D 组

职务：置业顾问

刘叉强：你好，我是大盛地产刘叉强，是想在道里区买房子吗？

客户：你们大盛地产的有完没完，我这一早上电话就没停过。

刘叉强：哦，是吗，真可怜，那你是想在道里区买房子吗？

客户迅速挂断。

刘叉强：怎么挂了呢？你还没回答我的问题呢？再打。

刘叉强：你好我是大盛地产董叉龙……

客户：滚！

挂断。

刘叉强转向董叉龙：你看你多硌硬人，我一说我是董叉龙客户都急眼了。你可长点心吧。

姓名：顾乡

性别：女

组别：安阳 C 组

职务：置业顾问

我：你好，大盛地产的，是想在道里区买个五十平方米左右的房子吗？

对方：是。

我：想在什么地段买？

对方：二环内。

我：对楼层有什么要求？

对方：不顶不底的。

我：安宁街有一个，五十六平方米，三楼东西向。简装。五十四万。

对方：哪年的？

我：1989 年。

对方：年限太老。

我：通达街还有个五十二平方米五十三万的，六楼，装修还可以。

对方：哪年的？

我：1991 年的。

对方：太老。我就想要个年轻点的房子。

我：二十来岁不年轻吗？

对方迅速挂断。

姓名：何佳叉

性别：女

组别：安阳 C 组

职务：置业顾问

何佳叉：你好，请问是黎先生吗？

黎先生：干啥啊！

何佳叉：黎先生你好，我是大盛地产的……

黎先生：你有病啊？！

何佳叉：我没有啊。

不知受到何种刺激的黎姓男子怒挂。

何佳叉：师傅他骂我！

我：你等会。

我换了个座机打给该黎姓男子。
黎：谁啊！
我：你有病啊！
骂完速挂。

五分钟后，电话铃响。
我：你好。大盛地产。
对方：是中介的吧？
我：你是？
对方：我河柏派出所的。
我：哦。有事儿吗？
片警：刚接到报案，说你们扰民。
我：扰谁了？
片警：有个姓黎的你认识吗？
我：有印象。
片警：那大哥都俩月不买房子了，好容易休个息，睡正香呢一个电话给干醒了。可别打电话了啊，我替人民求求你们了。

丐帮杀手董叉龙。

2012.11.28

前一段时间，我店喜迁新址，从超市挪到门市。换了门面之后，我们终于有幸接触到了所有一楼商铺普遍接待过的稳定客户群体——丐帮。

有一天我看房回来，本店季经理跟顾乡店张经理非常有领导风范地一人端着一个茶缸蹲在门口聊天。

季经理：老张，上你们店要饭的人多吗？
张经理：基本没有。
季经理：那上我们店来要饭的人咋这么多呢？
张经理：我们店门口有台阶，门槛高。
季经理：是不是因为你们店的人太抠了？
张经理：你们店的人才抠呢。
季经理：张叉刚不是我说你，整个七区数你最抠，月月拿冠军月月得金币，大金链子那老粗。开例会还骑电驴子去，就不能买个车啊，你咋那么抠呢？
张经理：你才抠。
季经理：你抠。
张经理：季叉峰最抠。
季经理：你最抠。
张经理：我才不抠呢。
季经理：你不抠你给我一百块钱？
张经理：不给。
季经理：张叉刚你是不是欠削？
张经理：季叉峰你要敢动我一手指头你就废了。
季经理：没问题。我照腿踹。

就在这个时候，一位造型褴褛的中年男性从隔壁馄饨铺颤颤巍巍地过来了。
三人一起注视着他慢慢颤来。

走到跟前开始作揖。
季经理指着张经理：他是老板。管他要。

褴褛中年男转向张经理作揖。
张经理二话没说，茶缸子往季经理怀里一撂，“嗖”一下跑了，跨上电驴子扭视着我们淫笑远去。

褴褛中年男转向季经理作揖。
季经理指着张经理远去的背影说：老板跑了。你去追他吧。

褴褛中年男继续作揖。
季经理：老板不在了。我没有钱。

褴褛中年男转向我作揖。
我掏出一块零钱给他。
对方接过，走了。

我一转身要进门，经理一手端着一个茶缸俯视我道：你咋不把他领家去呢?
我白了他一眼。
经理：跟我在这儿散发人性光辉呢是不?
我又白他一眼。
经理：我终于知道了。
我：你知道啥了?
经理：我说咱们店丐流量咋这么大呢，原来问题出在你身上。
我：我怎么了?
经理：我不在的时候你是不是来个要饭的就给钱?
我：看着怪可怜的嘛，你以为谁都像你那么没人性啊。
经理白了我一眼，感叹道：年轻人哪，就是……太年轻。

我：滚蛋，我要进去。

经理：跟谁说话呢，欠收拾了是不？我告诉你，上门要饭的都是假的，装呢，比你都尖。你给一回，他下回还来，还得奔走相告拉帮结伙地来。吃上你了就，撵都撵不走。就这造型天天在咱们店里囚着，哪个客户还敢来啊？

我：你快点儿让开，咋这么胖呢，往那一站门都让你堵死了。你看你肚皮上这妊娠纹。

经理：你看我说你还不信。

说完探头往门里喊：董叉龙呢？

董叉龙：这儿呢。

经理：你出来。

董叉龙：干啥呀我发房子呢。

经理：出来抽根儿烟。

董叉龙嗖一下蹦过来了。

董叉龙：烟呢？

经理：自己买去。

董叉龙：我媳妇一天就给我二十块钱！饭都吃不起了我哪有钱买烟？

经理：你给她讲讲你上次碰上那个要饭的。

董叉龙：哪个啊？

经理：伤你心那个。

董叉龙：啊那个啊。哈哈哈哈哈哈哈……给我根儿烟。

经理：滚。

董叉龙：不给不讲。

经理：你爱讲不讲。

董叉龙嗖一伸手往经理裤兜里摸。

经理：干什么玩意臭流氓！讨厌！

董叉龙得手。拿出一根儿，把剩下的一盒揣自己怀里。

经理：臭不要脸！

董叉龙得意地把烟一叼，伸手问经理：打火机呢？

经理：呸！

董叉龙转向我：我跟你说。上回我出去带看，碰上一个要饭的。打扮得老可怜了。我把我兜里唯一一张五块钱给他了。等我带看回来，正好看见那要饭的从仓买出来，手里拿着一盒芙蓉王。芙蓉王啊！人家抽的是芙蓉王！我才抽红塔山啊我！

经理：哈哈哈哈哈哈哈哈，这事我听一回乐一回。

董叉龙：比季胖子都牛。季胖子顶多也就白沙。

经理：滚。

我：哈哈哈哈哈哈哈哈。

董叉龙：以后再来要饭的跟哥学，看哥怎么给你揭开丐帮神秘的面纱。

两天之后，在店里午休。我们再次迎来一位丐帮人士的造访。哥们从服饰搭配到美甲彩妆，整体造型和谐、专业而自然。

我一看，条件反射地就要上大衣兜里翻零钱。

董叉龙很淡定地起身了，一指我：你歇着。

然后转向丐帮兄弟。

董叉龙：你好，需要办理什么业务？买房卖房还是租房？

丐帮代表队有气无力地说：给点帮帮忙吧。

董叉龙：我没钱。

丐帮代表队继续有气无力道：好几天没吃饭了。

董叉龙：我也是。

丐帮代表队闷了一秒，继续虚弱地作揖道：帮帮忙吧。

董叉龙：今天晚上结量，我房源还差俩。一条罚十块。谁来帮我？

丐帮代表队无视道：帮帮忙吧。

董叉龙：你要多少。

丐帮代表队：给点就行。

董叉龙一指墙角的矿泉水瓶：你把这堆瓶子拿走吧，一毛钱一个，加起来得有五六块呢。

丐帮代表队凝滞了半晌，翻着白眼散步离去。

我跟办公室里其他人愣了能有将近十秒，才猛然反应过来开始热烈鼓掌。董叉龙向我们致个意，淡然地归位发房子去了。

第二天，轮到我值班，负责坐门口接待。下午两点左右，丐帮人士照例而至。这回他们派出的，明显是个长老级的人物。一个妆容打扮非常到位的大爷。

大爷走到离门口最近的我面前，一作揖，“啊”了两声。

还扮聋哑人，太绝了。

我顿时把龙哥之前的教诲全部抛到了脑后，直接就往内兜里掏。坐在一边的助理捅了我一下。我马上冷静了。在兜里深掏了半天，找到了一个钢镚。拿出来一看，是个一毛的。我把一毛钢镚放在桌上，推到大爷面前，心情是非常忐忑。

大爷瞟了一眼，居然摇了摇头。

我顿时心里就有底了。我说：不好意思，我没有零钱了，只有这个。

大爷边“啊”边摇头。

我一指墙角：大爷您把这堆瓶子拿走吧，能卖好几块呢。

大爷白了我一眼，走了。

待其走远后，我怀揣着崩塌的世界观，和对社会的崭新认识，慢慢站起身，含泪给同事们鞠了一躬，大家给予了我热烈的掌声。

董叉龙搂住我肩膀说：龙哥没看错你。你终于成长了。

我：龙哥，那真正的乞丐是什么样的？

董叉龙：真正的乞丐是精神有问题的流浪汉。主要体现在大街上睡觉，垃圾桶里找食。碰上这样的人，给钱他也不会花，还可能被刚才那种人骗走。你直接准备好吃的喝的放他身边即可，切记。

我懂了，多谢龙哥教诲。

董叉龙淡然一笑道：妹妹客气了，去，给龙哥买包烟。

关于季叉峰经理经理的几篇。

2012.12.04

闲聊篇。

顾乡店经理张叉刚：哎老季，我发现你挺幸福啊，你们店好几个美女呢。你再看我们店，一个女的都没有，一帮老光棍。

季叉峰：你懂个屁。就她们几个也算女的？一个比一个彪。我们店最淑女的人其实是我。

我跟何佳叉等女经纪人迅速对其实施殴打。

季叉峰在乱棍中艰难道：你看见没，我们店也没有女的。

我：你事儿咋那么多呢，帮你捞业绩还得挨你损。谁不是女的，你给我看好了，看好咱这张脸，看没看见，什么叫肤白貌美气质佳。再哔哔我还不尿你这一壶呢，我卖新楼盘去。

季叉峰：你要脸吗你？老实儿的卖二手得了。就你这样的还卖新楼盘呢！你看看人家那售楼小姐，哪个不是一百八十来斤大高个……

展望篇。

季叉峰：你们就跟着我好好干，以后都得当店经理。

我：我们当店经理了你干吗。

季叉峰：我就升区域经理了呗。等你们当上店经理的时候，就是我升区的时候。

我：……

季叉峰：咋地啊，你不觉得我能升区啊？

我：能。你不仅能生蛆，还能招苍蝇呢！

季叉峰：闭嘴。

消费篇。

我：季哥，你最近不是爱喝茶叶吗?

季叉峰：对啊，所以我最近老抢张叉刚的茶叶。

我：别老抢别人东西行不行，咱对面刚开了家卖茶叶的你看见没?

季叉峰：我早上看见了，太贵，六块五一斤谁特么喝得起啊。

我：……人家那是六十五一斤!

季叉峰：闭嘴，把张叉刚的茶叶给我拿来。

出行篇。

我跟何佳叉乘坐季叉峰的电驴子出行。

季叉峰：坐稳了哦，把住我腰。

我：在哪儿呢，你腰?

季叉峰：闭嘴。

我：我把着你两边儿这个肥肉行吗?

季叉峰：闭嘴，我那是肌肉。就是最近没练，有点松。

我：季哥，你这肌肉都耍圈子了。

季叉峰：闭嘴。

经过一个减速带。我：季哥，减速带都过去半天了，你这肥肉还在荡漾呢。

季叉峰：闭嘴。

我：季哥真的，你这肥肉太荡漾了。

季叉峰：闭嘴，一米八五二百斤算胖吗?

我：不知道，反正你这样的算胖。

季叉峰：闭嘴。

晚会篇。

季叉峰：晚上下班回家之后都好好想想，自己这一天的活都是怎么干的。还剩十二天，你们想不想拿第一了，想不想得金币了？前天开会都说了吧，十月份到十二月份仨月，经纪人业绩前十名，店经理业绩前五名，海南六日游。你们想不想去啊?!

群众：想去!

季叉峰：想去有没有信心啊?!

我：有！我比基尼都买好了。

季叉峰赞许道：嗯！我比基尼也买好了。

人，生而孤独。

2012.12.05

八月份某天，经理单独找我谈话。

经理：入职多长时间了？

我：一个多月。

经理：你师傅走之后你开了几单？

我：两单。

经理：给你新人你能带吗？

我：啥意思？

经理：以后再有新人，我就安排给你，让你带徒弟。

我：行。

经理赞许道：好。有担当。你师傅当初怎么带你的还记得吗？

我：忘了。

经理：……闭嘴。

我：行。

经理：欠揍是吧？

我：不是。

经理：以后当了师傅就要有个师傅的样子。

我：什么样子？

经理：闭嘴。

之后一直到九月份，我跟董叉龙两个元老共接待了七个新人。挂在跑盘第一关的有三个。其余四人坚守最长的也只有一个礼拜。无一人挺过试用期。

何佳叉是我第一个正式徒弟。性别，女。比我小一岁。形象娇小可人。整体气质非常之不中介。

头一天刚来。两人含蓄地互相寒暄了一番。

我：我叫顾乡。

何佳叉：我叫何佳叉。

我：哦。好。

何佳叉：我需要做什么？

我：一般来说新人来了都要先跑盘，熟悉片区。但是吧，我觉得没啥用。好多人都给累跑了。你家是本地的吗？

何佳叉：是。

我：对道里这一片了解吗？

何佳叉：不了解。

我：哦。

冷场。

悄悄转向董叉龙：龙哥，我该让她干什么啊？

董叉龙：跑盘啊。

我：外面太热了啊。

董叉龙：你来的时候不也跑了吗？

我：前几个新人都给跑没了。还跑啊。

董叉龙：跑啊。中介第一步。

我：雀氏纸尿裤。

董叉龙：哈哈哈哈哈哈哈哈。

我：笑个屁啊，说正经的。

董叉龙：跑你的得了。

我：你看人家长得这么娇弱，你舍得让她跑啊？

董叉龙：我徒弟都在外边儿呢，有什么？

我：没人性。

转向何佳叉：会骑电动车吗？

何佳叉：不会。

我：会骑自行车吗？

何佳叉：会。

我：那就好办。这个跟骑自行车差不多，要不今天我先教你骑电驴子吧。

何佳叉：……好。

我：走，咱们找个宽敞的地方练车子去。

说完两人驱驴上路。

我：你还是比较幸福的。你师傅由于品性懒惰，是办公室内除经理外唯一一个有驴人士。你就不用跑盘了，我可以骑驴带你熟悉片区。

何佳叉：好。

依次介绍经过的道路和小区。

我：这条街叫顾乡大街。前面有条河，叫何家沟。过了何家沟，左边是十四中学，对面的小区叫美叉家园。一共分两期，一期是2006年的。二期是2008年的。一期产权证刚下来，有税。二期还是三联单，产权的问题回去给你讲。

何佳叉：哦。

我：这条河就叫何家沟。对了你叫什么来着?

何佳叉：……

说完进了美叉家园，小区中间有个广场。

我：来吧，你练。

何佳叉：好。

我：跟骑自行车一样。

何佳叉：好。

我：太好了，这一下午有事干了。不然我还真不知道该安排你干吗。

两分钟后。

何佳叉：我学会了。

我：……

何佳叉：接下来干什么?

我：练带人吧，回去你带我。
何佳叉：好。

两分钟之后，又学会了。

何佳叉：接下来干什么，我用不用再练会儿特技？
我：……不用了。

说完环顾四周，看见广场边上的活动区。
何佳叉看见我凝望的眼神：师傅，你想玩跷跷板吗？
我赞许而欣慰地点了点头：非常聪明。走我们去玩跷跷板。顺便给你讲一下税费。

上了跷跷板，两人开始欢乐地互相猛颠。
二人在过路群众的侧目下哈哈大笑了半个小时，气氛非常之融洽。

我：下面给你讲一下税费吧，二手房交易各项税收明细。你先大概记一下。
何佳叉掏出本开始记。

建筑面积 90 平米以下的。
契税：评估价的百分之一。如买方名下有二套，契税为评估价百分之三——买方夫妻双方名下有其他房产，就算二套。
建设费：6 元 / 建筑平方米。
住房维修基金：20–32 元 / 建筑平方米。
工本费：80 元。
房产证下发未满五年，营业税：评估价的百分之五点六五。
个税：评估价的百分之一。
房产证下发满五年，无营业税，无个税。如卖方夫妻双方名下有二套，个税，百分之一。

另外还有建筑面积 90 平米到 140 平方米之间的交易税细项、建筑面积 140 以上的交易税细项。在此不一一列举。

记完，我：十分钟背下来。专有名词以后用到的时候临场解释。

十分钟后，我：记住了没？

何佳叉：记住了。

考了一遍。

何佳叉对答如流。

我：挺好。你是哪年的？

何佳叉：1992 年的。

我：行，比我小一岁。咱俩也差不多大，没啥客气的。你以后不用管我叫师傅，叫美女就可以了。

何佳叉：我还是叫师傅吧。

我：……你什么意思。

我：以前是做啥的？

何佳叉：速录师。

我：那是什么东西？

何佳叉：就是别人开会什么的，请我们现场记录。

我：录像不就得了？

何佳叉：开完会要直接出稿。

我：做啥用？

何佳叉：给记者。

我：现场直播不就得了？

何佳叉：给平媒记者。

我：那录音不就得了？现场直接出有什么用？

何佳叉：装呗。

我：好玩吗？

何佳叉：什么？

我：速录师。

何佳叉：没意思。

我：累吗？

何佳叉：不累，钱好赚，就是装。

我：原来在哪儿工作啊？

何佳叉：北京。

我：怎么不干了呢？

何佳叉：打客户，打老板。被辞退了。

我：……为啥？

何佳叉：他们装。

我：……那咱们现在这个办公室的气氛你受得了吗？

何佳叉：受得了。

我：跟我一起混受得了吗？

何佳叉：受得了。

我：很好。

何佳叉：这说明什么？

我：说明你彪。

回去的路上，经过遍布新楼盘的群叉新区。

何佳叉：师傅，你为什么不去卖新楼盘？

我：不知道。暂时还不想坐办公室。

何佳叉：新楼盘有意思吗？

我：不知道。没干过。

何佳叉：进去看看怎么样？

我抬头看看售楼处大门，八个镀金大字：恒叉豪庭会客中心。

我：咱俩这样的像买这种房子的人吗？

何佳叉：不像还不会装吗？

我：不会。

何佳叉：看我的，我会。你把电驴子停远一点，咱们拿着范儿进去。

进了恒叉豪庭售楼处。

何佳叉不知从哪掏出了一副墨镜戴上。

我：何佳叉同志，在门外你不戴，进屋了你倒戴上了，这种装法你觉得合理吗？

何佳叉：我乐意。

说完冷静地走到沙盘前。

一个大美女很职业地上前介绍楼盘特色和周边商圈以及未来发展前景。

何佳叉煞有介事地戴个墨镜不时点一下头。

售楼小姐介绍完，

何佳叉：非常好，高层的多少钱一平方米?

售楼员：建筑面积 8000 一平方米。

何佳叉：好。来一平方米。

售楼员：……

何佳叉：哈哈哈哈哈哈。

售楼员笑得很勉强：一平方米也不够住的呀。

何佳叉高兴地一摘墨镜，抓着我道：我买一平，刮开一看还带中奖的，“再来一平”！哈哈哈哈哈哈哈。

人，生而孤独，却不甘寂寞。世间万物都是以类而聚的。

从这一刻起，我和何佳叉成为了一个团体。

我把人类想得太简单了。

2012.12.06

自从何佳叉八月中旬入职之后，我一度以为这就是我在此办公室内遇到的唯一一个可以与我匹敌的同类。

我把人类想得太简单了。

十月初的时候病休半个多月。回来之后第一天的早会有俩内容，一，欢迎顾乡同志归队；二，欢迎新人彭叉杰加入。

按照经理指示，彭叉杰就此成为我第二个徒弟。双方握个手，确立师徒关系。

散会之后，我跟彭叉杰相顾无言，陷入冷场。

持续十分钟的冷场。

我盯着彭叉杰，心想，这种和我一样内向的货为什么偏偏要来干销售?

我酝酿了半天，终于开口问：平时喜欢打电话吗?

彭叉杰：不喜欢。

冷场。

我：要不出去走走吧?

彭叉杰：好。

出门，开始溜达。

我：家是本地的吗?

彭叉杰：是。

我：就在顾乡吗?

彭叉杰：新三中。

我：哦。那离这挺近的啊。

彭叉杰：嗯。

我：那对这附近了解不?

彭叉杰：不了解。

我：好，走走看吧。

我：咱们店门前这条路叫安阳路，对面的小区叫海富叉城，2006年的。咱们店楼上的小区叫叉江小区，2000年。叉江小区，到叉的叉，长江的江。

彭叉杰：嗯。

继续走。介绍沿途路线和小区。

彭叉杰：你上个月卖了几套?

我：四个。

彭叉杰：业绩怎么样?

我：龙哥第一，我第二。

彭叉杰：哦，提成是怎么提法?

我给讲了一下公司晋级和提成制度。

彭叉杰：哦。跟你们经理说的差不多。

我：是季哥面试的你吗?

彭叉杰：是D组那个女经理。

我：哦。是他们找的你还是你自己过来的啊?

彭叉杰：逛街看见的广告，然后给他们顾乡店打的电话。

我：哦。是韩经理还是张经理啊?

彭叉杰：韩经理，我问他们当二手房经纪人需要什么条件。

我：韩经理怎么说的?

彭叉杰：有嘴就行。我一看这个条件我符合。就来了。

此时正好临近中午。

我：走吧师傅请你吃饭。

进了路边小餐馆找个桌子坐定，老板娘过来给收拾了一下桌子，我：谢谢。

老板娘走了。

彭叉杰：你谢她干吗？
我：……不干吗，就谢谢呗。
彭叉杰：那你也谢谢我。
我：……我谢你干吗？
彭叉杰：你谢她不也不干吗吗？
我：……
彭叉杰：谢谢我。
我：……
彭叉杰：谢谢我。
我：……
彭叉杰：我也给你收拾一下桌子。
我：……谢谢。

在候菜期间讲了一下税费，十分钟全记住了。

我：挺好。你多大？
彭叉杰：十八。
我：十……真的啊？你哪年的？
彭叉杰：1990 的。
我：……
彭叉杰：有意见吗？
我：我 1991 的，22，你 1990 的，18，试问一下，你要脸吗？
彭叉杰：怎么就不要脸了呢，我长得不像 18 吗？
我：你对得起你数学老师的在天之灵吗？
彭叉杰：我今年就 18 了怎么地吧？
我：真没想到你也是个贱人，早上刚来的时候还以为你挺内向的呢！

彭叉杰：师傅，实不相瞒，我这人最多只能内向一小时。

我：……

彭叉杰：咋不说话了呢师傅，你说话呀师傅，我不可爱吗师傅？

我：别叫我师傅，压力太大。

彭叉杰：那不行，这是尊称，一日为师，终身为父。

我：那你应该管我叫爹。

对方沉默了两秒。

我：哈哈哈哈哈，我赢了。

彭叉杰：看来你还是不太了解我啊。

我自我想象了一下，连忙道：算了，你还是叫师傅吧。

彭叉杰：在这上班非得穿衬衫西装不可吗？

我：对。

彭叉杰：谁规定的？

我：不知道。

彭叉杰：有毛病。

我：来，握个手。

随后，两人去买西装。

挑完之后，到更衣室换。

五分钟后，彭叉杰穿着衬衫西裤出来。

彭叉杰：太恶心了。这不是 40 岁人才穿的衣服吗？

说完转向我：我像不像有病？

我：像。

彭叉杰白了我一眼：你才有病呢！

……你给我滚。

从商场出来。

彭叉杰：我是你第一个徒弟吗？

我：不是，你还有个大师姐，何佳叉。另外我前两天休假期间好像还来了个大哥，据说也是我徒弟。今天没来，算你一共仨。

彭叉杰：不错。已经凑够一个取经的团队了。

我：还缺个马。

彭叉杰：没关系，你有驴。

回到店内。

我：小何，师傅给你要了个二胎。

何佳叉：我是你大师兄。

彭叉杰：猴哥你好。

何佳叉：八戒你好。

我：……

经理：哟，回来了啊，跟你师傅走得怎么样啊？

彭叉杰：挺好的。

经理：人家董叉龙的大徒弟昨天都开单了，你徒弟有没有什么目标啊？

何佳叉：有。

经理：啥目标啊？

何佳叉、彭叉杰：保！护！唐僧！

我：……小何你先给他示范一下打电话吧。

何佳叉：好。

十分钟后。

何佳叉指着彭叉杰：师傅他打我！

彭叉杰指着何佳叉：她先打我的。

何佳叉：他管我叫叽叽叽！

我：……敢问二位少侠，什么是叽叽叽？

何佳叉：我教他打客户电话，他假装给我打电话，我说你好。他说，你不是猴吗？你怎么能说你好呢。你应该说，叽叽叽。

我：她怎么打你的？

彭叉杰：猴拳。

何佳叉：你是不是想死？看掌！

两人瞬间开始对掌。嘴里还大叫：嘿！哈！嘿！哈！

三招过后，何佳叉惨叫一声。

我：又怎么了？

何佳叉指着彭叉杰：贱人！刚才明明是对掌！他突然改成拳了！我一掌拍他拳头上了！疼死啦！师傅你削他！

彭叉杰：怎么还告状呢？大师兄你是不是男人？师傅你看她猴爪给我挠的，你削她。

我：税费都背会了没？

彭叉杰：会了。

我：那出去打一会儿吧。

两人迅速奔到门外树下决斗。

何佳叉：这个地点好。

彭叉杰：你打不赢可以上树，当然觉得好。

何佳叉：放屁，在这打架有意境。你看电视里的大侠什么的都在树下打架，师傅你看这场景诗意不？

我：诗意，正好符合一首诗。

何佳叉：什么诗？

我：两个贱人鸣翠柳。

彭叉杰：其中一个还是猴。

何佳叉：师傅你赶紧把他逐出师门！

说实话，我现在主要考虑的是灭门。

造的什么孽?

2012.12.12

彭叉杰加入后第二天，我休假期间来的大哥出场了。

经理：王哥也是你徒弟。这两天一直是小卢他们带着。你俩交流一下感情。

我：好。

如果我没记错的话，曾经面对陌生人的时候我都很不自在。但自从经历了那两个徒弟，我现在面对陌生人时的心情居然是很期待。

我：王哥你多大啊?

王哥：42。

我：跟我爸差不多啊，你看你就更不用叫我师傅了。

王哥非常腼腆地坐那乐，我也对着他乐，双方互乐了半分钟。

我用那种接头的语气悄声问：王哥，你内向不?

说完挑了挑眉毛，王哥还是非常腼腆地坐那乐。

我仍然别有深意地凝视着人家。

王哥开始尴尬地坐那乐。

双方对峙了能有一分钟，王哥开始笑比哭难看了。我赶紧收起表情——看来这个是真内向。

我假装咳嗽一下，问：来了有几天了?

王哥：一个多礼拜了。

我：哦。已经入职了啊？
王哥：嗯。
我：税费啥的都学了吧？
王哥：学了。
我：能记住吗？
王哥：能。
我：但是不太会用是吧，一用起来还是懵，客户问到的时候也不会算。
王哥：对。
我：没事儿，我刚来的时候也这样，以后多算几次慢慢就熟了。
王哥：哦。
我：这两天都干啥了？别的经纪人带看跟着去来着？
王哥：嗯。
我：自己约出过带看吗？
王哥：没有。
我：哦，看了几套房子了？
王哥：四五个吧。
我：有啥感觉没？
王哥：没有。
我：还挺迷惑的是吧？不知道该干啥？
王哥：不知道。
我：看完房回来画户型图了吗？
王哥：画了。
我：我看看呗？

王哥展示了数张户型图。我拿了一个户型比较简单明确的：这个是海富叉城的吧？
王哥：是。
我：使用面积多少还记得吗？
王哥：74。
我：建筑面积呢？
王哥：103。
我：几楼的？
王哥：六楼。

我：哪个区的？

王哥：B区。

我：装修怎么样？

王哥：简装。

我：房产证满五年了吗？

王哥：满了。

我：房主名下有二套吗？

王哥：有。

我：行，算一下这房子的交易税吧，更名过户需要多少钱，列个细项，按报价算。客户问的时候你就说银行评估价咱们说了不算，但是肯定会低于市场价。所以这些税什么的咱们算的只是个大概，最终交易所给出的数目只少不多。

王哥：好。十分钟后，算完交卷。检查加讲解。

我：挺好的。你看，这样关于这房子的信息什么的，你都知道。交易税，也都知道。客户一问起来对答如流，就显得很专业。其实专业不专业，说的对不对，都无所谓，重要是你有了那个自信的劲儿，就能把人唬住……

经理端着茶杯指着我道：别听她胡咧咧。谁教你的？

我：你。

经理讪笑着跑了。

我：之前是做啥工作的？

王哥：个体。自己做生意。

我：那挺好啊，现在做起业务指定得心应手啊。

王哥：没有。是自己开的店，都是客户上门，没出去跑过。

我：哦，那也没关系，以后你有带看我都陪你去。不超过半个月，你肯定能顺手。

王哥：嗯。

我：现在心情怎么样？

王哥：好多了。

我：看你之前一直挺郁闷的。

王哥还是腼腆地笑。

我：其实都一样，我刚来的时候特别面，全办公室最㞞的货，这个不敢那个不会的。只要你挺过一个月，什么问题都没有了。真的，要是能让你看看我刚来的时候有多㞞就好了，啥都不用说，你马上就有信心了。

王哥：好。

我：是不是有种理清思路的感觉?

王哥：嗯。

我：是不是挺有信心的?

王哥：是。

我：不像以前一样坐着看别人，不知道从何下手了吧?

王哥：嗯。

我：现在是不是感觉目标很明确?

王哥：是。

我：有没有想要干点什么的冲动?

王哥：有!

然后他迅速投入行动，当天下午就辞职了。

经理：哈哈哈哈哈哈哈哈。

我：你笑个甚啊，这就是你招来的人。

经理：哈哈哈哈哈哈哈哈。

我：请不要用傻笑来掩盖你的心虚，谢谢。

经理：嘿嘿嘿嘿嘿嘿嘿嘿。

我：季哥，给你带新人我没有意见。但是吧，我现在有个要求，自己上门来的，让我带行。被你忽悠来的，就别让我带了。带两天就走，带了也是白带，有点浪费热情。

经理：什么叫我忽悠来的啊?

我：被你忽悠来的都是没主见的人，根本受不了这些。你看，咱们店里剩下的人，都是自己上门的。龙哥，我，小卢，小何，都是吧?走的那一堆，都是你忽悠来的，害我白带。

经理：不好意思，以后不让你白带了。晚上请你吃火锅。

我：你本来就得请我吃火锅，上个月你说的我业绩完成了请我吃饭，白带的先欠着。
经理：好的，那你白带这事我就不请你吃了。
我：别想赖账，以后白带一次吃一次。
经理：业绩好了吃，白带就别吃了。
我：你该我的，白带必须吃。

隔壁卖红肠的几位促销员一直用异样的眼神看着我们。

下午回去彭叉杰约出带看，我负责陪看。

出门。

彭叉杰：师傅，我分不清东西南北怎么办？
我：没关系，我也分不清东西南北。
彭叉杰：你都干了多长时间了？
我：仨月了。
彭叉杰：干仨月了还分不清东西南北呢？你这什么师傅？
我：带个指南针不就行了？
彭叉杰：算了，还是用导航吧。

说完我们走到对面一辆黑色尼桑前。

我：……这你车啊？
彭叉杰：是。
我：……你打算天天开车上班带看？
彭叉杰：是。
我：那你头两个月工资都不够油钱的，提成是发不下来的。
彭叉杰：没关系。

我悲愤地凝视着对方，哥们来玩票的吧？

忍不住仰天暗叹：岂不又是个白带啊。
彭叉杰娇嗔道：说什么呢怪怪的。

上车之后。我打算挑起一个话题，然后找个机会晓之以理动之以情，争取将其早日劝退，省着我还得陪耗。

我：上午跟龙哥的徒弟跑盘去啦？
彭叉杰：嗯。
我：好玩吗？
彭叉杰：还可以。
我：以后会经常出去跑的。
彭叉杰：哦。
我：那个，你多大来着？
彭叉杰：我不 18 么，这么重要的事情怎么能随便忘了呢师傅？
我：……怎么想到来干这个啊？
彭叉杰：没怎么呀，想到就来了呗。
我：怎么没去骄阳啊？
彭叉杰：人太多，难出头。
我：哦。可以。那，也没去过别的中介啊？
彭叉杰：去了，人家没要我。
我：怎么搞的？
彭叉杰：不知道，可能是我太彪了。
我：你是挺彪的。
彭叉杰：怎么能这样说人家呢，师傅？
我：……算了，其实吧，咱们这个工作呢……
彭叉杰：怎么了？
我：这个工作呢……算了。你以前是干什么的？
彭叉杰：武警。

我：……

彭叉杰：退伍之后自己出早市。晚上 12 点睡觉早上 3 点起床。干了一年，有点腻歪了。看你们这行好像挺自由的，我过来休息一下。

我：……

彭叉杰：你刚说这个工作怎么了？

我：……没什么。我错了。

彭叉杰：你是想说这工作很辛苦吗?

我：……不辛苦，但是很忙。

彭叉杰：很忙吗，都有什么呀?

我：等你正式入职之后就有工作量了，每天至少两个房源新增两个客源新增，两个带看，20个房源跟进。30个客源跟进——就是打电话——另外还有网络端口新增和推广刷新。

彭叉杰：说什么呢怪怪的，人家不想听。

我：……

带看完回到办公室。

彭叉杰：叽叽叽呢?

远处飞来一只手套。

彭叉杰：叽叽叽你怎么乱扔东西呢，是不是香蕉没吃够?

何佳叉：师傅你看他！老骂我。

我：你也骂他。

何佳叉：你是猪！

彭叉杰：没有用，我不是猪。

何佳叉：那我也不是猴！

彭叉杰：自我认识得不够深刻哟。

两人迅速开始互锤。

何佳叉：师傅你看他老欺负我！

何佳叉：师傅你管管他！

何佳叉：师傅师傅师傅！

何佳叉：师！傅！

我：彭叉杰不要欺负你大师兄了。

彭叉杰：你是猴子请来的救兵吗?

我：……先休会战，公路大桥那有个房子你俩去实堪一下，房主已经约好了，四点之前过去就行。

何佳叉：我自己去，不让他去。

我：带着你师弟一点。

何佳叉：我不跟他一起去。昨天晚上跟他出去，我俩一路从通达街走回来的！就不让我坐公交！走了40来分钟！一路上累了也不让歇！还得喊口号！步伐间距75厘米！注意摆臂！烦死了！

最后的结果是三人同去。

何佳叉：别打我！

嘭嘭嘭连锤三下。

何佳叉：滚蛋！

嘭嘭。

何佳叉：别！打！我！

嘭！嘭！嘭！

何佳叉：你下手怎么那么黑啊！我这么柔弱的人你也打！

彭叉杰：你个老爷们儿你哪里柔弱？

何佳叉：我怎么就不柔弱？我柔弱无骨！

彭叉杰：你是鸡柳吗？

路过一家超市。

彭叉杰：大师兄你给我买好吃的。

何佳叉：你怎么那么不要脸？

彭叉杰：一点都不谦让，大师兄你是不是男人。

何佳叉：你一个小老爷们儿你老欺负我，你是不是男人！

彭叉杰：我不是男人。

我：……算了别吵了，师傅请你们吃好吃的。

进超市。

彭叉杰：我要吃好多鱼。

何佳叉：师傅你看这饼干多缺心眼儿，喜羊羊灰太狼。

彭叉杰：我要！

我，何佳叉：……

彭叉杰：师傅你平时最喜欢看什么动画片？
我：《蜡笔小新》。
彭叉杰：幼稚、老土。知不知道什么叫最新潮流，就是这个。
说着刷一下举起喜羊羊灰太狼饼干目光炯炯地盯着我。

突然觉得头有点痛。

彭叉杰：我喜欢看《喜羊羊灰太狼》。一百多集我都看过。
说完从饼干盒里拿出一块：师傅你知不知道这是谁？
我：……不知道。
彭叉杰：这是懒羊羊。
吃了。

再拿出一块，师傅你知不知道这是谁？
我咬牙道：不知道！
彭叉杰：这是沸羊羊。吃了。又拿出一块：师傅，你猜这是谁？
我：……离我远点。
彭叉杰：村长。这是我最喜欢的角色，特别爷们儿。
我：……

何佳叉鄙夷道：跟缺心眼儿似的。还看喜羊羊灰太狼。
我赶紧靠到何佳叉身边，欣慰道：还得是人家小何……
话没说完，何佳叉道：我喜欢看《花园宝宝》。
我：……

何佳叉：我喜欢依古比古和唔西迪西。
我慢慢地又靠回了彭叉杰身边。

彭叉杰：我喜欢《巴啦啦小魔仙》。
我：……

彭叉杰雪上加霜地摆了个小造型：芭芭拉，变！

我站在原地有些不知所措。

彭叉杰：但是我感觉小魔仙变得没有美少女战士好。

说完凝视着我说：师傅我最喜欢夜礼服假面。

……苍天，请问这事是真的吗？我是不是在做噩梦啊，谁能告诉我这是怎么回事啊，集齐七个这种人能召唤神龙吗？

我很痛苦地问：请问你说的是真的吗？

彭叉杰：当然是真的。

我：别吓唬师傅好吗？

彭叉杰：师傅你知道吗，我在部队的时候特别想当班长。后来我终于当上了班长。

我一时不能明白这个迅速转移是何等含义，只能继续惊恐地看着他。

彭叉杰：因为当班长可以有特权。

我心想，太好了，终于换了正常点的话题。于是很热情地陪问道：什么特权？

彭叉杰：可以和他们用不一样的牙刷。

我：……

彭叉杰骄傲道：他们的牙刷都是统一发放的。只有我的是小熊的。

何佳叉：师傅你看他是不是就是个傻子？

彭叉杰：说什么呢猴，是不是想被逐出师门？

何佳叉：师傅你快点把他逐出师门。

彭叉杰：师傅你应该把他逐出师门。

我：……我不管了，你们自生自灭吧。

彭叉杰：师傅。

我：……干吗。

彭叉杰：我要把你逐出师门。

……我造的这是什么孽啊！

你们到底是不是搞传销的

2012.12.18

前情提要——

“实习第一天，给陌生人打电话。询问登记房源信息。

一年话费不超过一百块钱的我有些无从下手。

经理：新人不好意思打电话啊。来，咱们开个早会，跳舞吧。小窦，你给放一下抓钱舞的教程。以后小窦就是你师傅，实习期间由她带你。

说完，电脑屏幕上开始播放抓钱舞的视频。

看完之后，我整个人僵硬在了电脑前。

我一向觉得自己描述能力还挺好的。看完这个舞蹈之后，我词穷了。

怎么说呢？此舞背景配的是一种类似迪斯科的狂放音乐。总共分三小节，每一小节都比第八套广播体操要惨烈百倍。你要是觉得跳广播体操很彪，很丢人，等你跳完这个，你基本上就可以瞑目了。

经理问：学会没？

我痛苦地点了点头。

经理：好。曲儿给我放上，站好队形，跳舞。

大家在摊位前面向着一超市的人排好队，身后音响内顿时传来了迪斯科的鼓点。

经理迅速就嗨起来了，把个加强版广播体操跳得跟大秧歌似的。

大家就当着一超市的人，在迪斯科的配乐下，开始跳抓钱舞。

经理指我：赶紧的！跟着蹦！

我蹦了两下后，居然很快进入了状态。整套抓钱舞重复了三分钟。

对面收银台前排队的群众都在尴尬地回避着我们的目光，脸上都是一种又想看又鄙视的纠结神色。

三分钟后，迪斯科终于结束。跳得我满头大汗，趴桌子上动弹不得。

经理：嘚瑟得还挺欢。明天你领舞。

跳完之后，我拿起电话，顿时放得开了。心里有种“我连在一超市人面前跳抓钱舞这种事都干得出来，还有什么好怕的”的破罐子破摔之感……

经历了抓钱舞后，我以为我此生遭遇过最彪的事情也不过如此了。

但其后参与的一件事情让我发现，原来我所进入的，并不是一个简单的缺心眼儿公司。

而是一个庞大的缺心眼儿次元。

七天之后，我去参观了该公司一个叫作业务启动大会的东西。

这到底是什么东西呢?

这是一场有毛病的盛宴。

2012 年 7 月 6 日事发当天下午四点左右，哈尔滨市实时气温 31 度，阳光暴晒。

我们全店人员乘坐公交车前往会场。

从一帮精神病大夏天穿着黑西装站到公交车里的那一刻起，这场会议就已经被奠定了有毛病的基调。

我在同车正常乘客们的注视下，忍不住对我师傅悄声道：窦姐，我觉得我们好像有毛病耶。

窦姐：你现在说这话已经晚了，入职的时候想什么来着?

经理：不许开玩笑，保持冷酷。

窦姐：大夏天黑西装挤公交还没座儿热一脑门子汗冷酷你二舅啊！

一个小时后。我们抵达南岗区文明街一酒店门前。
酒店大门很正常。
进门也很正常。
前台很正常。
地毯正常。
冷气正常。
整体环境一切正常。

唯一不正常的是。

大厅里有一百来个穿黑西装的人在等电梯。

几番等待后，我们终于上了电梯。
电梯里一堆黑西装。
经理和另一个胖子在人头上方艰难地握了一下手，然后向我们介绍说：花园 B 组郭经理。这回咱们还劈他。
我问：几楼啊？
经理：顶楼。下了电梯再往上爬！

下了电梯。
面前是另一个小厅，地毯，冷气，一切正常。

经理一指安全出口：好了往上爬吧。

在经理的率领下我们爬到了楼上。

还记得当天的实时气象吗？
7 月上旬，31 摄氏度，气候干热，暴晒。

我们的会场是顶楼阁楼阳光大厅。

没有冷气。

我在门口踟蹰了能有三分钟才进去。

放眼望去一片黑西装。

身边传来的交谈声中都是类似这样的内容：

– 你哪个区的?
– 七区的。
– 我六区的。
– 六区哪个组的。
– 昆哥他们组的。
– 昆哥我认识啊。跟我们老大关系挺好的。老上我们地盘嘚瑟。

这时，我的电话响了。
我：干啥?
我妈：你爷过生日你不回来啊?
我：我们不放假。
我妈：请假呗。
我：不让请假。
我妈：啥单位啊这么缺德，你们搞传销的啊?

我环顾了一下周边环境，有些无言以对。

穿过人群我们找到位置落座。
所有人就座完毕，领导开始废话。

一个小时之后。会议迎来了一个叫作士气展示的环节。
每个区域派一个代表店面上台列个队，整个队，再喊个口号。
一系列完成之后，
台上的店长面向区域经理：报告总指挥！第一区域士气展示完毕！请求才艺展示！

完了还敬个礼。

区域经理也起来敬个礼：请展示！

店长：是！

台下。

窦姐：有病吗？

我：……有病。

窦姐：这还不是最有病的。

说完，会场的环绕立体音响里传来了熟悉的迪斯科音乐。

刚才台上说要才艺展示的那票人，开始各踩各节奏完全不在拍儿上地跳抓钱舞。

我：……

窦姐：这位新同志，请发表一下你的感受。

我：心酸。

第一组人跳完了。

随后依次是二区三区四区五区。每区上去十来个人。依次列队整队喊口号，然后很没热情地跳抓钱舞。

排在我们前面的第六区域，一个长期业绩头牌的店面上去了。30来号人，制服整齐精神矍铄，列队整队喊口号都非常有气势。

我：哇，不愧是冠军店面啊，跟前面那几个猥琐团队一比就是不一样啊。

说完，台上的人请求才艺展示。

然后，本来很有精神气势的30来号黑西装开始配着迪斯科很有精神气势地跳抓钱舞。

我看着台上一帮狂放音乐下神情严肃齐跳猥琐体操的黑西装，脑海里不由浮现出三个大字。

斧头帮。

这种正经的扯犊子行为太英伦范儿了。

才艺展示环节结束后，为之前两月业绩前十名经纪人颁奖。销售冠军得金币。随后依然是领导废话。

两个小时后，迎来了倒数第二个环节。也就是业务启动大会的名称由来——启动业务。各店经理上台，由某高层领导宣布上两个月各对手间的 PK 胜负结果。并结出下两个月 PK 对子，同时一人吹一瓶啤酒，互放狠话。表示一定打败你之类。

终于知道了电梯里经理介绍的那个“这回咱们还劈他”的意思了。我们组上两个月的业绩 PK 对象是花园 B 组。一经宣布，果然是我们输了。经理赔了 200 块钱。

当天下午从入场到五个小时后散会，整场会议在我的不忍目睹中结束。会后，与其他参会人员相比，我对自己的过分正常产生了深深的自卑。

两个月后，我第二次参加了启动大会。会议项目没有变化。才艺展示的内容变成了自由才艺。就此发现了该公司内很多非常不错的文艺人才。整体缺心眼儿气质淡化了许多。同时我们店的业绩有所好转，在 PK 环节顺利胜出。再同时由于经历了两个月的历练，我的心理承受能力有了明显提高。第二次会议的气氛倍显和谐。

十一月初的第三次业务启动大会。

我们店在十月底接到通知，将代表第七区域上台展示。

自认为非常有文艺素养的安阳 C 组店经理季叉峰同志特意展开会议探讨我们要表演的节目。

经理：你们说吧，唱歌还是跳舞？

群众：唱歌。

经理：㞞！怎么就不能跳舞？

董叉龙：拉倒吧。上次开会清滨店助理那小爵士舞跳得多飒，老专业了。咱们这帮外行上去跳舞不情等着丢人吗？

助理：没事。反正拼正经也不是咱们店的特色。

经理：咱们店啥特色？

助理的目光转向了我跟何佳叉彭叉杰。

我：助理你什么意思？

经理：那就唱歌吧。唱什么歌你们表决一下。

助理：《水手》。

群众：《海阔天空》、《壮志雄心》、《相信自己》、《感恩的心》、《我的未来不是梦》。

董叉龙：能不能别老唱些传销歌曲？我选《沧海一声笑》。

经理问我：你说唱什么？

我：《让我们荡起双桨》。

经理白了我一眼，问彭叉杰：你说唱什么？

彭叉杰：《我不想说我是鸡》。

经理转向了助理，两人交流了一下目光，然后又白了我一眼。

最后的决定是歌舞并济。练着试试。哪个好用哪个。

歌曲方面的决案是《壮志雄心》。大家练了两天后，选出了一男一女两个主唱。其他人对口型。

舞蹈方面的决案也很符合我们店的气质。与唱歌穿插排练了两天。有幸请到了文艺积极分子我小姨王叉迟同志做外援。有客户的时候经理负责接待，其他人到处乱跳。

别人男女组合的舞伴配合训练都很正常。

到了我两位神徒这里就不行了。

王叉迟：小何学得挺快的。就是双人配合的部分跳得不好。
何佳叉：报告小姨，这事不赖我。是我舞伴太笨。
王叉迟：你舞伴是哪个来着？
何佳叉：我师弟。
王叉迟：那你俩先单练一会儿。

五分钟后。
王叉迟：练怎么样了？
何佳叉气喘吁吁道：报告小姨。我根本抓不住他。蹽太快了。蹦老高了。跟彪似的。我怕他尥蹶子揣鼓死我。

我指着远处狂蹦的彭叉杰问经理：报告总指挥，这个怎么处理？请指示。
经理：卸腿吧。

我：小何。治理疯猪的任务就交给你了。
何佳叉：师傅我真整不了。我抓他他就打我。
话音未落，彭叉杰飞蹦过来"啪"地拍了何佳叉一下。
何佳叉：你看。
啪。
啪。
啪啪。
何佳叉：爪子老欠了。
啪啪。
何佳叉：我警告你！再打我一下你就废了。
彭叉杰：降猴十八掌！
啪啪啪啪啪啪啪啪啪啪啪啪啪啪啪啪啪啪啪。

何佳叉：师傅我整不了了。再让我跟他一块跳我非得气死。
我：八戒你累不，别蹦了歇会儿成吗？
彭叉杰顿时摆了一个收尾造型撅着不动了。

就这么一动不动撅了一分钟。

我：休息就休息。别老摆 pose 行不行。
彭叉杰：不行。
我：为什么?
彭叉杰：因为我是 pose 机。
我：……
彭叉杰继续保持造型撅着说：欢迎大家上台刷卡。

幸好排练的过程只有两天。

两天之后，我们一行人再次来到了熟悉的会场。
现场布置得大红大艳。数百名黑西装人士齐聚一堂。这回进门还发一条红袖标，上书“英雄大会”四个字，要求统一扎在左胳膊上。

彭叉杰：师傅，请问这是黑社会拜山头吗?
我：闭嘴。
彭叉杰：有请我们的龙头季先生……
经理：闭嘴。

经历了同样的领导讲话后，各区域代表队依次上台展示。我们店代表第七区域，上台表演了一场捣乱。惜败给第三区域的机械舞。

师门事变。

2012.12.20

早上来到办公室我边跟经理聊天边从饮水机里接了杯开水喝了一口，然后喷了站我对面的经理一身。师门事变的一天就此开始。

就在我站门口晾舌头的时候，彭叉杰从远处扭曲着跑来。

彭叉杰：师傅帮我打下卡。说完直奔卫生间。一推，锁了。砸门，无应答。

彭叉杰：师傅，谁在里面呢？

我摇了摇舌头。

彭叉杰：咋不说话呢师傅？

董叉龙：你师傅刚才喝了一口开水。

彭叉杰：师傅你这智商好像有点缺钙。

我：滚。

彭叉杰转向厕所：里面的人听着！你已经被包围了！放下手纸！双手抱头！慢慢走出来！

经理在厕所内回复道：闭嘴！

彭叉杰：哎呀，原来是季哥啊。幸会幸会。敢问季哥什么时候能拉完？

经理：闭嘴，我换衣服呢，你师傅喝了一口开水喷我一身。

彭叉杰：季哥你什么时候能完事儿？

经理：闭嘴，我刚进来。

彭叉杰：那你不介意我在你旁边拉屎吧，我真的憋不住了季哥。

经理：闭嘴。

彭叉杰：能让我先拉会儿吗？

经理：……

彭叉杰：我踹门了季哥。

里面传来拧动把手的声音，彭叉杰顺势一把拽开一人宽的门缝率先挤入。

季哥：懂不懂什么叫先下后上！

五分钟后，彭叉杰扶着墙出来了。彭叉杰：师傅。我恶心。

我：你对自己的评价很到位。

何佳叉：哈哈哈哈哈哈哈。

彭叉杰：猴你笑什么，吃你香蕉去。随后幽怨道：师傅你不疼人家了。

我：滚。

彭叉杰推何佳叉：大师兄上里边儿坐着去。

何佳叉：你咋不上里面坐着呢？

彭叉杰：我要坐在离厕所近的地方。

何佳叉：没想到你还有这爱好。

彭叉杰：闭嘴，今天没工夫收拾你，我妈早上非逼我喝牛奶。实在犟不过她我就喝了，我一喝牛奶就拉稀她还老逼我喝。

何佳叉：你肚子很疼吗？

彭叉杰感动道：好多了。

何佳叉：那你起来给我倒杯水。

彭叉杰：……

何佳叉：谁让你坐外边的。

彭叉杰瘫软着起来接了杯水顺便把插在饮水机旁边的热宝揪下来揣到怀里，然后捂着热宝坐回来把水杯往何佳叉方向一推，何佳叉端起来喝了一口，“嗷唠”一嗓子。

何佳叉：你是不是缺心眼儿，开的！

彭叉杰：师傅都喝开水了你不得陪着？不孝！

何佳叉：我舌头都烫坏了。

彭叉杰：二师弟亲手接的开水，喝着是不是比蜜还甜？

何佳叉：滚！你怀里那是谁的热宝？是不我的？还我！

彭叉杰掏出热宝扔了过去。何佳叉接住两手来回捯饬捯饬：妈呀这么烫！

彭叉杰嗖一下坐起来精神道：那是我用体温逼热的。

我：二徒弟你这体温挺尿性啊，给我烤个地瓜行不?
彭叉杰：不仅能给你烤地瓜，还能给你拔上丝呢。
何佳叉：我看你是拉美了，又来劲了是不?
彭叉杰：是的，我现在又可以打猴了。

经过五分钟的打斗后，彭叉杰：服了没?
何佳叉：服了。
彭叉杰：知错没?
何佳叉：错了。
彭叉杰：去。给我冲杯咖啡。
何佳叉非常温顺地去了。

伺候完角儿，何佳叉脸上带着瘆人的笑意把我堵进厕所里。
我：咋地了小何，咋这么瘆人呢?
何佳叉：嘿嘿嘿嘿嘿嘿。
我：是不让八戒给熊疯了，别疯哦，师傅一会给你报仇去我揍他。
何佳叉：师傅，我给他下奶了。
我愣了一秒，问：又没生孩子下什么奶呢?
何佳叉：我往他咖啡里下牛奶了。

我还没来得及反应，门口彭叉杰欢实地喊道：你俩出来！我有带看了！出来陪我看房去！我跟何佳叉意味深长地相视一下，并肩走出了厕所。

路上。
彭叉杰：师傅你快看咱后面那法拉利漂不漂亮。
我从后视镜瞅了一眼：还行吧。
彭叉杰：不懂欣赏，我以后有钱了也要买个这样的。
何佳叉：你做梦。
彭叉杰：得想办法搞个副业多挣点钱，师傅你说咱们搞个什么副业呢?
我：不知道。

彭叉杰：耍猴呗，耍我大师兄。

何佳叉：耍你大爷。

彭叉杰：每次看房的时候找个小广场，拿个小盆一敲，父老乡亲们都上眼啊，我大师兄给大家翻跟头了啊，三毛五毛帮帮忙吧。

何佳叉上去捣了彭叉杰一拳。

彭叉杰：师傅，麻烦你把猴拴好，谢谢。

何佳叉上去又是一拳。

彭叉杰：猴你是想来开车吗，先翻个跟头我看看。

何佳叉：少管我叫猴。

彭叉杰：一天十次也不多啊！

何佳叉：滚。你才猴呢！

我：小何你是哪年的？

何佳叉：1992 年。

彭叉杰：1992 年属啥的？

何佳叉：……属猴。

我、彭叉杰：哈哈哈哈哈哈哈哈。

笑了不到五秒，彭叉杰突然没声了。

何佳叉：你咋不乐了呢？咋地了？没吱声。

何佳叉：脸色咋这么难看呢？跟你早上来的时候差不多。彭叉杰汗都快下来了。

何佳叉假装关切道：二师弟是不是内急啊？哟，红灯，你要不先靠边儿停了找个旮旯解决了吧？

彭叉杰：闭嘴，这不是旮旯能解决的事儿了。

何佳叉：哈哈哈哈哈哈哈，我知道。

彭叉杰：你知道个屁。

何佳叉：我往你咖啡里下奶了。

彭叉杰从反光镜里怒视何佳叉：畜生！

我、何佳叉：哈哈哈哈哈哈哈。

彭叉杰：畜生！

两分钟后，彭叉杰汗下来了，我：马上就到了，去房子那上吧。

彭叉杰：业主在家吗？

我：空房。有钥匙。

说完到了楼下，彭叉杰停好车嗖一下开门蹿出没等站直就唰唰奔单元门蹽去，我跟何佳叉拎着纸抽追在后面狂笑。

上了电梯。

彭叉杰：几楼。

我：顶楼。

彭叉杰：深吸一口气，按下顶楼一手扶墙内八字夹着迅速退到电梯墙角。

我：啥造型，咏春啊。

彭叉杰艰难地朝我翻了个白眼。

终于熬到了顶楼。电梯门没开全彭叉杰就飞身出去直奔房门狂乱将门捅开一头扎进了卫生间。

两秒钟后。卫生间内传出了一声惨叫。

我：咋地了？

彭叉杰：没有水！

我跟何佳叉在客厅厨房试了试电闸和水龙头。业主空房安全起见水电全停了。回头一看。彭叉杰手扶厕所门摆着咏春造型怒视何佳叉。

我：没事儿你放心地拉吧，我跟你大师兄下去买水。

何佳叉：慢着师傅。

说完转向彭叉杰：还敢不敢管我叫猴了？

彭叉杰咬牙道：不敢了。

何佳叉凛然道：再敢管我叫猴我就把这事发员工论坛去。说完转向我：走。

我：是，佳哥。

两个小时后。我们看完房回到办公室。彭叉杰：我饿了，猴去给我买好多鱼。

何佳叉：管我叫啥？

彭叉杰：叽叽叽。何佳叉迅速摆了个咏春的造型。

彭叉杰：没有用，我都好了，你打不过我。

何佳叉转向办公室其他人道：哎，跟你们说，刚才我们去看房，彭叉杰半道上差点……

彭叉杰：佳哥！佳哥！佳哥我给你捶腿。

何佳叉：去，蹲墙角给佳哥唱《征服》。

彭叉杰迅速蹲到墙角。何佳叉：以后管我叫啥？

彭叉杰：佳哥。

何佳叉：以后再管我叫猴怎么办？

彭叉杰：下奶。

何佳叉：以后再打我怎么办？

彭叉杰：曝光。

何佳叉：往哪曝光？

彭叉杰：员工论坛。

何佳叉：《新闻夜航》。

彭叉杰：《百家讲坛》。

何佳叉：《走近科学》。

彭叉杰：畜生！

何佳叉：《海峡两岸》。

彭叉杰：……我知道错了佳哥。

何佳叉：你也有今天。

3章

我也不知道我为什么会来成都。

2012.12.30

但是我现在确实在成都。

11 月中旬有一天我坐在办公室刷网页，突然看见哈尔滨至成都机票 12 月初打两折的广告。价格便宜非常，真的非常便宜。便宜到何种程度呢？便宜到我一激动就订了一张。

随后下午向经理提出辞职申请，当晚离职。
我终于明白公司为什么严禁员工上外网了。

12 月 1 日上午 7：00，我搭上了飞往成都的班机。机舱内除了我之外基本上全是四川人，背景音就是全场四川话聊天。整体气氛让我觉得非常新奇。心情兴奋激动，表情如沐春风。在此气氛下我不由产生了一种强烈地想用四川话跟邻座搭话的想法。

酝酿了五分钟后，我开始在心里暗骂当初教我四川话的那个王八。因为我发现原来我学的那几句四川话没有一句是打招呼用的，全部都是找削用的。只好就此作罢。

飞机起飞一小时后，早餐来了。
我端坐在座位上满面春风地想，会不会是火锅啊？然后我又满面春风而清醒地嘲笑自己道，想什么呢，飞机上怎么会有火锅，肯定是麻辣烫。

结果居然是大米粥和咸菜，还有一块掷地有声的面包。川航，你报复心还真强，不就是买了打折机票吗？

两个小时后，这架飞往成都的班机，带我来到了石家庄。这事让我很疑惑，但是我确实来到了石家庄。这位列机在石家庄停了一站，给乘客们留出 20 分钟下来买泡面的时间。川航的服务真是太周到了。

20 分钟后，重新登机。下一站成都。

凌晨五点前往机场的时候，哈尔滨室外气温零下 20 度，我的登机装备是衬衣羊毛衫，外套呢大衣，呢大衣外面套着大棉袄，下半身运动棉裤套二棉裤，高筒羊毛袜，皮毛一体大棉鞋。这也是我在飞机上满面春风印堂发红的原因之一。

邻座的男青年在下半场航程里老是偷偷瞟我一眼，神色欲言又止。跟我在上半场想用四川话跟他搭话时的德行一样。我内心深处非常高兴地想，想必这孙子来东北也没学什么好话，憋死你。

航班抵达双流机场落地滑行的时候，播音员开始介绍室外气象信息：天气晴好，实时气温零上 12 度。

邻座的哥们听罢，马上高兴地指着我说：哈哈哈哈哈哈尼穿地太夺喽。

我此时在哈尔滨的零下寒冬中冰冻了一个多月，早已忘记零上 12 度是什么概念。对邻座指出的问题不以为意，非常自信而雄壮地走进航站楼出了机场。

走出大门的一瞬间，极地装备的我在阳光普照绿树和风的笼罩下，“轰”一下就炸汗了。

然后我非常悲壮笨重热气腾腾地上了出租车。一路上满头大汗满面春风，迎面吹来和暖的风和窗外的绿色街景让我倍感新奇和欣慰。

抵达目的地饭店，我的成都新领导王经理在门口迎接。

下车一看，王经理穿的是羽绒服。

我很感动地说，王经理，你真是太够意思了。不忍让我一个东北人独自显得有毛病，你也配合我穿上了羽绒服，我太感动了。

王经理：没有，我们成都人冬天都这么穿。

我环顾了一下周围的绿树、和风、阳光，有点褪色白了吧唧蓝的大晴天，问：冬天在哪呢冬天？

王经理：就今天天热，平常都特别冷。

我：我不信，满街大绿树能冷到哪去？我一个刚从恶劣极寒天气过来的人，这对我来说就是夏天。你这人咋这么不懂得感恩呢，还好意思穿羽绒服！

王经理：外地人就是天真，来吧先吃火锅吧咱们。

入座。

王经理介绍了一下沿桌人等，基本上都是经理的朋友和同事。

我依次作相亲状颔首微笑后，跑去配蘸料了。

回来之后重新入席。

王经理捞出一条牛肉夹到我的蘸料碟里。

放下之后，王经理的筷子停顿了：咦，你还加了小米辣？

我饱蘸两下，把牛肉吃了，问：什么是小米辣？

说完，眼泪刷一下就下来了。

王经理：这就是小米辣。

我热泪盈眶地点了点头。

王经理：来喝点茶。

我接过茶喝了一口。

眼泪刷一下又下来了。

开的。

王经理：哈哈哈哈哈，不好意思，忘了茶是烫的了。服务员，给来个凉茶。

服务员：不好意思，凉茶没有了。

王经理：我说的不是王老吉，是凉的茶。

服务员：不好意思。只有热的，等一会就凉了。

王经理转向我：哈哈哈哈哈哈，不好意思，凉的茶也没有。要不你喝点火锅汤吧，哈哈哈哈哈哈。

我此时已经无暇理会此人，拼尽全力保留一丝真气。

王经理：我给你换个蘸料吧。
我流着泪凄然一笑：不用，挺爽的。
王经理：东北人好刚健。小米辣我们四川人都不吃的。
我泪流满面道：那为什么还要摆出来！

整场饭局我一直保持泪眼朦胧。本来这应该是个面试饭，结果应试者一直泪流如注哽咽得说不出话来。

我跟王经理的结识方式是这样的，八月份的时候王经理在朋友转告下看到了我的博客，国庆节前夕，王经理的朋友赴哈出差，人在成都的王经理在网上根据我博客中的线索指挥其朋友找了三天，最终找到我们店并找到了我。我跟王经理的朋友去隔壁小餐馆吃了一顿西红柿炒鸡蛋，席间与王经理进行了一场正式通话。之所以是正式通话，是因为聊得很像面试。王经理作为成都市某地产公司销售部头目，了解完我的工作情况后，简单介绍了她所在单位的情况并邀请我去成都参加她的销售班子。

通话中。
我：你那是新楼盘是吧？
王经理：对，是新楼盘，比二手房轻松多了，提成也不少。
我：我这个儿头卖什么新楼盘？
王经理：多高？
我：一米六。
王经理：一米六在四川可以卖新楼盘。

随后双方互留了联系方式。直到数月后见面，其间一直没有联系。险些就此相忘。

散席后。
王经理：刚才我那几个朋友都是搞广告的，想跟我抢人。让我问问你意见。你有兴趣做广告吗？
我：我不做文职。

王经理：不做文职啊，太好了。我工地上还缺个背砖的。
我：……
王经理：走吧，去我工地上背砖。
我：王经理，实不相瞒，其实我是个女的。
王经理：女的也可以背砖。
我：我回哈尔滨了，王经理。

随后了解到背砖的事情是真的，王经理的职业是售楼小姐兼包工头。

王经理：有兴趣到我工地上玩吗？
我：你是不是想把我骗去背砖？
王经理：我工地上有好玩的。
我：什么好玩的？
王经理：你最感兴趣的东西。
我：什么东西。
王经理：缺心眼的人。
我：……

王经理：真的。我工地上有两大缺心眼。一个叫张叉瑞一个叫刘叉淼。张叉瑞是库管，前两天我们在工地吃饭，张叉瑞开车去买菜。买了一个来小时还没回来。我就想出去看看。结果一出门发现他车就在前面不远，停在原地一个劲儿摇晃。我就纳闷呢，这大白天的在车里干什么呢摇成这样。我就过去了。到跟前一看，就他自己一个人在车里狂摇，我问，张叉瑞你在摇啥子嘛。他说，我车门打不开了……

随后我毅然跟随王经理去了她们工地。

王经理：一会你就能见到张叉瑞了。张叉瑞他爸在监狱管理局上班，他第一天来的时候就跟我们自我介绍说，我从小是在监狱长大的。

然后伸头大叫：张叉瑞！张叉瑞！张叉瑞！

一个长得很迷惑的哥们跑来了。

为什么说他长得很迷惑呢，因为这哥们的眼皮肿如一线天，眼神隐藏得很深。看上去真的让人觉得非常迷惑。

王经理：他刚来的时候我们都以为他没睡好呢。后来才发现他是天生没睡好。

说话间张叉瑞跑到了我们旁边。然后开始环顾四周，问：哪个叫我？

我跟王经理下了车。

王经理：我叫你的。

说完指我：你带她去玩会儿，我去财务一趟一会儿回来。

走了。

我盯着张叉瑞，脸上的表情是控制不住地就想乐。真不能赖我，这哥们长得确实挺解闷儿。

张叉瑞前面带路，领我到一个四面漏风顶多算个半封闭的两层铁皮工棚，此为该工地的收发室兼打卡处兼库管办公室兼棋牌室。

张叉瑞：这就是我的闺房。

王经理从隔壁一个铁皮两层楼的窗户探头叫道：张叉瑞！给她讲讲你是怎么用电棍杵自己的！

张叉瑞羞涩道：哎呀这么隐私的事情怎么能随便说呢？

然后就很高兴地说了。

张叉瑞成长于一个监狱管理局家庭。他家里有个十万伏特警用电棍。电棍上都有个切换开关，能启动电筒和电棍两种功能。此电棍作为管制器械，自然被张叉瑞家长严加防守，没给过张叉瑞接触的机会。有一天，张叉瑞的朋友来他家玩。晚上突然停电了，朋友要回家。张叉瑞家住十楼，由于停电，只能走楼道。于是张叉瑞向家长申请到电棍，切成电筒模式，送朋友下楼。送完归来，走在楼道里，张叉瑞对此电棍产生了极大的好奇，很想知道其威力如何。于是决定在自己身上实践一下。走到六楼的时候，张叉瑞觉得距离自己家所在的十楼还有一段安全距离，在此肇事不至于被家长抓包。于是很镇定地切换到电棍模式，杵了自己一下。

张叉瑞当场昏迷。

更好死不死的是，他昏过去之后就来电了。同楼居民可以正常使用电梯，无人再走楼道。于是张叉瑞就在楼道里昏迷了两个小时。

家里人一直没找着他。

张叉瑞在楼道里昏到了自然醒。

此事在张叉瑞的朋友圈子里已传为佳话。

来到此工地当库管后，张叉瑞在工作中又一次接触到了电棍。而且是电压更高的电棍。王经理将电棍交给张叉瑞的时候非常语重心长地说：你一定要小心使用。不要乱玩。最重要的是别往自己身上杵。

张叉瑞：请领导放心。

结果当天晚上他就把电筒和电棍功能搞反然后把自己电了。

第二天开会，张叉瑞受到了多方教育，并被警告以后不准玩电棍。

散会后，张叉瑞偷偷跑到角落里鼓捣电棍。

王经理：张叉瑞！你又玩电棍！

张叉瑞连忙转过身紧张道：我没有！

说完迅速把电棍背到身后，一下杵到屁股上惨叫一声倒地不起。

从此以后各位领导一致认为库管这个工作对于张叉瑞来说具有极高的危险性。

其实对他来说活着就具有极高的危险性。

返程的路上。

王经理：张叉瑞好玩吗？

我：好玩。

王经理：为了让你体验到家一般的感觉，我就先介绍个缺心眼给你。

我：……

王经理：你是怎么想到来成都的？

我：机票打折。

王经理：就成都的机票打折吗？

我：就成都的机票打折。

王经理：哪里打折去哪里？

我：步步高打折机。

王经理：你这人活得好随机。

我：没有，其实我一直就想来四川，隐隐地想了好几年了，现在终于来了。

王经理：然后还是没有理由。

我：有理由。但是时间太长了已经忘了。

晚上睡觉前我开始琢磨这个问题。

我最想去的地方一个是四川，一个是山东。山东的原因我知道，沿海嘛，去捞鱼坐船吃海鲜。那四川的原因到底是什么呢？这个在我脑中埋藏已久的念头最初是如何产生的呢？

经过了长达半个小时的仔细回溯，我突然想起原来是在三年前我大学刚入学的时候，寝室里有个四川同学，跟我普及了很多四川的民俗特色，当时让我对这个地方产生了强烈的向往。回想起来之后，当年决心初下时的细节和澎湃全部随往事涌来。我越想越激动，马上上网找到了这位同学的资料，翻出她的联系方式给她致了个电。

同学接起后，我自报姓名，然后深情地倾诉道，王叉利，你还记得当初咱俩刚见面的时候吗，那时候你跟我讲了好多四川的民俗风情地方文化，有满山橘子树，小吃一条街什么的，你当时列举了好多好吃的名称，虽然我现在都忘了，但是当时听你讲起，我真的非常入迷。你还给我讲过三峡。你还教会我好多四川话。你知道吗，就是因为你，我一直对四川充满了向往。三年过后，如今的我，终于来到了我向往已久的成都……

我话还没说完，对方怒吼道：滚！老子是重庆的！

武林串子文少侠。

2013.01.07

人类理想中的江湖里，武林中人，是武功高强的大侠。

我所在的江湖里，武林中人，是武功高强的缺心眼儿。

我跟文少侠结识于网络。来四川之前，文少侠孜孜不倦地在网上给我发了很多邮件。

发件时间：2011.10.01
发件人：文少侠
你好。能不能认识一下?

发件时间：2011.12.24
发件人：文少侠
你好。什么时候来四川玩吧?

发件时间：2012.03.02
发件人：文少侠
你想不想吃泡脚凤爪?

发件时间：2012.03.02
发件人：文少侠
上一封写错了不好意思。你想不想吃泡椒凤爪?

等等等等。
这些很没特色的信一直没能激起我的热情。

直到半年后的一封邮件。

发件时间：2012.10.02
发件人：文少侠
我是四川人，我爸会武功。

回复：2012.10.21
发件人：我
哈哈哈哈哈哈哈哈哈，你爸是干什么的？

回复：2012.10.23
发件人：文少侠
我爸是化学老师，我为我爸骄傲。

我跟文少侠就此成为网友。

到了成都后，
文少侠来电：出来吃饭。
我：不吃。
文少侠：我请你。
我：我讨厌别人请我。
文少侠：那出来散步。
我：好。
然后查了一下路线过去了。

见面之后。
文少侠：我们沿街散步吧。
我：好。

两人在马路上走。
走到一个小餐馆，文少侠一把把我拽进去了。

我：干吗，不是说好散步的吗？

文少侠：在餐馆里也可以散步。

我：……贱人。

文少侠：我这个月餐补还没凑够呢，这顿饭拿发票是可以报销的。不是我请你，是你帮我占公司便宜，你帮不帮？

我：……帮。

文少侠：很仗义，来点菜。

吃完之后，文少侠很潇洒地去结账。

结完账，文少侠：老板娘，有发票没？

老板娘：没有。

散伙三天后。

文少侠：出来吃饭。

我：不去。

文少侠：出来吃饭。

我：闭嘴。

文少侠：吃过火锅没？

我：吃过。

文少侠：四川火锅吃过没？

我：……吃过。

文少侠：高端火锅吃过没？

我：……没有。

文少侠：出来吃高端火锅。

我：什么是高端火锅？

文少侠：小火锅，一人一只锅，洋气。

我：跟大火锅有什么区别？

文少侠：比大火锅小。

我：那算什么区别！

文少侠：精致，优雅。

我：……

文少侠用气声幽幽念叨：Delicacy……Elegant……Commitment……Promise……

我：你说那是火锅还是钻戒，闭嘴。

文少侠：出来。

我：不去，上回你就骗我。

文少侠：今天是周三，有好多店招行信用卡打五折，我今天刚办的卡，不用浪费了，有限制的。

我：不去。

文少侠：你不仗义，今天不刷我卡会作废的。

我：真的吗？

文少侠：真的。

我又去了。

文少侠：你看，我就为了吃东西办的这个信用卡。

我：你也就这点出息。

沿街寻找文少侠说的小火锅。走了很长一段路，一直没找到这驴描述的小火锅。

最后文少侠带我去吃了澳门豆捞，并在席间简述了一下自己别称的由来。

文少侠，四川省崇州市人。文少侠她爹在崇州市某中学任化学老师多年。文爹在少年时期曾跟随一不世出的高人习武。该会武功的化学老师武林背景广为人知，在当地一直很低调神秘地出着名。被其同校历届学生背后尊称为文大侠。

跟文大侠的低调神秘不同，其女文少侠从小就是个嘚瑟粪，沉迷武侠片，天天磨叽她爸教她练武功。瞎学了几招之后，觉得自己武功盖世，并自封文小侠。长大之后，就变成了文少侠。

我：你爹都教你什么了？

文少侠悲愤道：南拳？

我：什么是南拳。

文少侠给我比画了一个造型。

我：怎么跟赵四似的。

文少侠：我爹就是坑爹呢！什么破南拳，就摆个造型放在腰际，特别猥琐地往前瞎捣。一点用都没有！当时还觉得自己特厉害呢！

自认为身怀绝世南拳的文小侠上小学了。

入学当天，文小侠作为文大侠之女，声名远播，遭致围观。

一帮高年级男生非常好奇地离在三米外问：你爸是文大侠吗？

文小侠凛然道：是！

高年级男生：那你会武功吗？

文小侠：当然会。

高年级男生：那你能打过我们吗？

文小侠蔑然一笑，突然扎个马步两只手摆个造型放在腰间吼道：哈！南拳！

对面的高年级男生都给吓了一跳，面面相觑了半天，一个胆大的谨慎地蹭了过来，慢慢蹭到文小侠面前，僵硬了半分钟，突然“嗷”一声照着文小侠小腿踢了一脚掉头撒丫子蹽回大部队。

文少侠：我当时觉得，哎哟还挺疼的，但是还可以忍，就站那没有揉。

大家看文小侠面不改色叉腰而立，真的都被吓住了。

为首一个问：疼不疼啊？

文小侠：小意思。

高年级男生：真的啊？踢一下都没事吗？

文小侠扎着马步狂傲道：你们还有多少人，随便上。

高年级男生一拥而上。

文小侠的胳膊就这样被打折了。

文少侠说：当时一大帮人打我啊，连踢带踹的，以为老子真打不死，个个都下黑手。我还在那，南拳，南拳，瞎捣。什么拳在腰际，贴身而出。太贴身了啊，根本就打不着人家。当时就让人把胳膊给打折了。甩着胳膊一路狂嚎着回家，从此再也不练了，唉，武功就这么废了。都赖我爸。

然后讲述了文大侠的事迹。

文大侠是个低调之极基本上活在传说中的人。身怀武功从不外漏，其真实能力在中学生这一特殊群体的意淫中变得飘渺神秘深不可测。在学校里没人见过文大侠出招，学校里所有人都想见到文大侠出招。倒霉的文大侠作为一个老师，每天都在学生的偷袭当中度过。

有句话叫习武先挨揍。练家子虽不出手，受袭之下也是敏锐善躲。学生们在无数次偷袭失败的试探后，对文大侠的武艺下了这样一个定论。

会轻功。

从此文老师的形象就更高深了。

后来文老师当了班主任。班里有两个校长亲戚家的小孩，脾性顽劣，仗着自己家长与校长的交情，在班级里横行捣乱。文老师多次教训无果。终于有一天，文老师的忍耐力到头了，在班级里一指那两人：你俩，来我办公室一趟。

两人以为又是平常训斥，特别不在乎地去了。

进门。
文老师面沉如水，“咔”一下把门反锁了。
俩学生脸色变了。
文老师继续淡定地把窗帘都拉上了。
俩学生开始哆嗦。
文老师把外衣脱了。
俩学生眼圈红了。

文老师站在俩学生面前，啥也没说。

俩学生哇一下哭了。

哭开了之后狂退到墙角。

文老师还是没吱声。
俩学生在墙角相依为命哭得那叫一个凄惨。

文老师指着其中一个：过来。
那学生嗷一声哭得拔了个高原地佝偻着一动不敢动。

文老师：过来！
哆哆嗦嗦过来了，浑身绷紧，连害怕带紧张都快抽过去了。

文老师跟面前这个筛子对峙了两分钟，猛一反手往筛子耳朵下面颌骨上比划了一下。其实没咋碰上，但是筛子特别配合地头顺着受力方向使劲一甩，“哇”一声捂着左下巴颏儿哭倒在地。另外一个学生一看这个挨打的演得这么夸张，差点没哭背过气去。

文老师：你也过来。
那学生咧个大嘴使劲摇头眼泪甩一墙，佝偻在墙角死也不过来。

文老师上去照着他大腿上比划了一脚。
该学生惨叫一声倚着墙仰天长嚎边哭边慢慢地滑坐到地上。
咧着嘴凄凉地缓缓爬到另外一个学生身边，两人趴在地上抱头哭得特别解脱，宛如劫后余生。

文老师：你俩回去可以随便告家长，告校长，告谁都行，以后还敢捣乱，见一回打一回。

第二天一早，文老师悲壮地抱着吃官司的心来到了学校。

一进班级门，文老师顿感欲哭无泪。

昨天那俩学生正在那眉飞色舞地跟同学白话：昨天我们跟文大侠

过招啦！我跟你们说，文大侠飞过来就照我这儿来了一下，我当时就昏过去了你们知道吗？内力可强了……

我：你爹到底是什么门派的？

文少侠：不知道。

我：他师傅是谁啊？

文少侠：据说是个高人。

我：什么高人？

文少侠：是他舅姥爷还是什么的。

我：……

文少侠：是有真功夫的哦，当年的袍哥人家，正宗乡村黑社会。

我：那你爹收过徒弟吗？

文少侠一瞪眼：我就是我爹的徒弟。

我：你就别给你爹丢人了，你个武林串子。

文少侠：我爹是为了我好，他说了女的练武功一身肌肉嫁不出去，还长不高。

我：你本来也不高。

文少侠：是啊，本来就不高，再练了武功我坐公交都不用买票了。

我：……

文少侠：我爹从来不收徒弟。很久以前有一个亲戚家的小孩，非要跟他学，磨了我爸好久他才教的。结果后来那小孩被各个高中开除，最后只能去技校上学。我爹就特别后悔，以后再也不收徒弟了。他到现在碰到那小孩的家长都抬不起头来。

我：为什么会被各个高中开除？

文少侠：天天打群架，一挑十，很厉害。你要不要拜我爸为师？看我面子上应该可以收你。

我：那我的未来也可以预见了，就是被各个公司开除，最后只能去技校当老师。

我：你是做啥的。

文少侠：会计。

我：这也太无聊了。

文少侠：软件公司的会计。

我：是游戏软件公司吗?
文少侠：不。是医药软件公司的会计。
我：……武林人士大隐于市，佩服。

吃完饭，文少侠拿起她的吃饭五折招行信用卡潇洒地去结账。
文少侠：能刷卡吗?
老板：不能。

出门之后，我们去逛了公园。
文少侠：你以后应该练武功。
我：我要是会了武功肯定到处蹽闲。我怕被别人揍死。
文少侠：没事，会武功跑得快。
我：你爹跑得快吗?
文少侠：我爹腿上有伤，跑得不快。
我敬佩道：练武功的人，果然很沧桑。

这时我们爬到了一个假山上。

我从假山上跳了下来。回头一看，文少侠还在上面酝酿。
我：少侠，跳啊。
文少侠：不行，我腿上有伤。
我马上敬佩道：嗯，练武之人，果然沧桑。
文少侠：不是，我昨晚睡觉不老实踢墙上了。

在海拔三千米的地方。

2013.01.15

此时逐渐深冬，
成都的室内气温进入阴寒状态。
在办公室里时常需要抱着刚打印出来的材料取暖。

周五放假之前，
王经理向几位同事提议外出郊游。

我：去哪？
王经理：去郊区。
我：外面太冷。
王经理：屋里更冷。

无法反驳。

王经理：走吧，我带你去山里玩。山里很好玩的。
我：是有什么野生动物吗？
王经理：当然有啊！
我：那行。去。

次日周六上午七点，
我们在王经理家门口集合。
几位同事一辆车，
王经理及家属一辆车。

配置好对讲机，
八人驱车上路。

四十分钟后，

我们出城上了开往郊外的高速。

在高速上前后两车有说有笑地开了两个小时。

对讲机传出张叉瑞的声音：刚刚高速上跑过去一只鸡！

然后我们再次有说有笑地开了一个小时。

我：王经理，咱们到底要去哪？
王经理：说了你也不知道。你就等着吧。

然后又是一个小时。

我：王经理，咱们去那是要干什么呢？
王经理：我们是要去山里看成都平时见不到的景色。
我：哦。那都有什么呢？
王经理：到了你就知道了。

然后又过了一个小时。
此时已经来到了海拔将近两千米左右的阿坝州。

王经理指着窗外：快！快！快看！
我：什么？

王经理：雪。

我凝视着窗外，
一时间百感交集。

此时距离我们早上从成都出发，
已经过去了五个小时。
两边的山上散落着藏式民房，
树尖山头白雪覆盖。

我：王经理，我大老远从黑龙江跑到成都，不是来看雪的。

王经理讪笑道：啊，是。不好意思不好意思。

我：咱们待会到了山里，最好有些四川特色可以体验。

王经理继续讪笑道：啊，是。不好意思不好意思。

我：所以咱们待会到了山里到底要玩什么？

王经理沉默了一下。
说：滑雪。

在我仇视的目光当中，
我们一行人的汽车缓缓停在了度假山庄门口。
门头三个大字：毕叉沟。

停好车后，
得知还要坐车往山上进发，
去到海拔更高冰雪更坚固的地方。

来到盘山大巴车前等候发车，
其他人都在室内大厅等候。
室外寒风瑟瑟，
同行的两位包工头老板柴总和张总为了抢占上车先机，
披上了带来的军大衣，
坚持要在车旁等候，
蹲在巴士前轱辘位置。

我们在大巴前等了没多久，
身后很快排起了长队。

排了十分钟，
一位群众从队伍后面走到车前，
来到我们身边。

打量了一下柴总，
那人略一迟疑，
问道：师傅，什么时候发车？

柴总和张总对视了一下，
转向群众道：马上就走。20 块钱一位。

各位群众听后毫不怀疑，
纷纷打开钱包开始掏。

王经理上前一人一只耳朵将柴张二总揪走。

游客人数排满两车之后，
工作人员和司机过来准备发车。

上了车整顿完毕，
司机提挡起步上了山路。

随着盘山公路辗转上升，
沿途看到陡峭崖壁上散落着数只山羊。

攀爬姿势难度之高，
令车上乘客惊叹不已，
纷纷感慨野生动物之神奇。

大家都说，
野性的力量多么了不起。
家养的动物不可能具备这样的素质。
动物的技能多么了不起。
这种地方人类根本无法企及。

大巴随即转过另一弯道，
我们看到了半山腰上攀着一位姿势比山羊更奇诡的牧羊人。

继续盘绕了 20 分钟之后，
两辆大巴抵达海拔 3000 米之上的山顶滑雪场。

经过研究之后，
我们八人分成两队比拼骑板凳接力活动。
也就是两人乘坐滑雪场提供的平底板凳，
从雪道顶端高速俯冲，

允许翻车的前提下接力，
全组先滑到终点者赢。
输家请吃晚饭。

在一番宛如市区拥堵路段开车一样的相互谩骂高速滑行之后，我和张叉瑞所在的四人分队承担了晚饭请客的任务。

张叉瑞：姓顾的，你到底行不行？你不是东北的吗，怎么滑雪水平这么次！一路数你翻车翻得多！

我：大哥。我那不是翻车，我那是昏过去了。你也不看看这是海拔多少米。我脸都蓝了我还滑个屁雪！

在滑雪场颤抖地熬到了天黑之后，
我们返回度假山庄吃饭。

怀揣着对温暖的向往，
我们进入了饭店大堂。

走到了之后，
发现该饭店建在群山环绕之间。
整个高原的冰冷沉降于此。
山中落日之后堪称寒气逼人。

会客大厅数百平方米而没有暖气。
天花板上分明垂下水汽凝结的小冰柱，
整个就餐环境宛如进了溶洞。

群众哀号一片。

柴总发话道：别看这个饭店冷，待会我们上的菜可是非常热火的。

说完两位服务员用一钢架抬出一只全羊。
放到墙边就地生火。

大家看着火光，
纷纷燃起了生的希望，
欣喜地将凳子搬到烤羊前，

二百四十斤的柴总往第一排一坐，
后面全挡上了。

在颤抖地吃完晚饭之后，
我们终于可以进入一天当中最期待的环节。

——进酒店房间睡觉。

出了饭店去酒店的途中也是一路薄冰。

大家互相扶持着鼓励着：
一会进了房间就好了。

进了酒店房间之后，
发现同样没有暖气。

我用冻僵的双手缓缓脱掉外套之后，
进了被窝。

把棉被拉到最高，
只露出一张脸。
呼吸之间，
眼前浓浓白雾。

——去你爹的南方。

就在我觉得这一天的寒心至此已经到头的时候，
我蒙在刚焐热的被窝内，
油然升起了一股尿意。

酝酿了十分钟的情绪，
我绝望地慢慢蹭出被窝，
走进洗手间。

马桶盖掀开的一瞬间，
我陷入了一种空前绝后的冷静。
坐便器里的水冻成了一坨冰。

我和这冰封的马桶对峙了两分钟左右，
由于实在憋不住，
哆嗦着脱了裤子给马桶的一坨冰上了点浇头。

回到被窝躺了五分钟，
我的灵魂和身体才逐渐重合。

就这样游离地睡到天亮，
我们纷纷聚集于楼下。
放弃了吃早饭，
飞速驱车返回。

再次经过五个多小时，
从海拔 3000 多米的高寒之处返回成都市区，
整个人的感觉简直如沐春风。

从雪山上下来之后的一个礼拜，
我每天不断赞叹这地平面的温暖。

看到一棵绿树，
还是成都暖和。
看到一缕阳光，
还是成都暖和。

夸了一个礼拜，
有天中午大家一起吃饭，
我在感慨房间里暖和的同时，
突然感觉右手食指一阵刺痒。

挠了几下，
渐渐浮起一只红包。

我再一次赞叹道：还是成都好啊。太暖和了。

然后展示给张叉瑞：你看，现在还有蚊子呢！

张叉瑞瞟了一眼，

说：那是冻疮。

其实我没打算来青岛。

2013.02.20

自从 2012 年 12 月 1 日来蓉之后。
我所遭遇的南方盆地冬季气候是这样的。

不下雨就算晴天。
屋里不如室外暖。
出门棉袄加雨伞。
进门披着电热毯。

随后据新闻提示，今年将是成都近十年来最冷的一个冬天。
我当场决定去印度。

在阴损的天气中经历了一堆乱七八糟的事情之后，时间已经过去了一个多月，此时临近年关。

成都气温艰难而缓慢地升至最高 18 摄氏度。即便如此，阳光方面的不灿烂还是让我对成都失去了兴趣。

虽然说我最想去的地方除了四川就是山东，但是我目前还没有去山东的打算，打算继续南下。

就在这个时候，我妈来电话了。

我妈：你去不去青岛？
我：不去。
我妈：我要去。
我：去吧。
我妈：你也过来。
我：不去，大过年的你乱蹿什么？

我妈：我在青岛有亲戚，我要去创业。
我：你是不是又看心灵鸡汤了？
我妈：没有。
我：你一个中年妇女眼瞅退休了创什么业？
我妈：肯德基创始人 66 岁才创立的肯德基。
我：还说没看心灵鸡汤？
我妈：滚。
我：你不能跟人家学，年龄差距，人家是 66 岁创业，你现在多大？
我妈：46。
我：你看见没，这就是差距，人家是 66 大顺，你是 46 不懂，创个屁！
我妈：滚犊子，反正我就要创业，我需要辅佐，你给我过来。
我：创业的事情就交给你了，让我独自承担富二代的重任吧！
我妈：老姑娘啊你就来吧，你来看看你想干啥，妈给你投资。
我：我想买船。
我妈把电话挂了。

十分钟后，电话再次打来。
我妈：把你身份证号给我。
我：你是不是又碰上卖保险的了？
我妈：滚。
我：是不是？
我妈：是。
我：滚。
我妈：滚。
我：滚。
我妈：滚。
我：滚。
我妈：滚。
我：滚。
我妈：滚。
我：滚。
我妈：滚。
我：滚。

我妈：滚。
我：滚。
我妈：大逆不道。
我：为老不尊。
我妈：滚。
我：滚。
我妈：滚。
我：滚。
我妈：滚。
我：滚。
我妈：滚。
我：滚。
我妈：滚。
我：滚。
我妈：我明天去青岛，给你三天时间过来跟我汇合。
我：不可能。
我妈：你想怎么地?
我：我得看看哪天机票打折。
我妈：呸。
我：等会儿，青岛现在多少度?
我妈：零下二度，怎么地?

查过票讯后，我定下了 2013 年 2 月 10 日成都至青岛的机票。

就这样，我在成都度过了当地十年来最冷的一个冬天。

在气温终于达到零上 18 度的时候，我离开成都去了一个零下二度的地方。

其实我曾经去过一次山东。

两年前我上大一的时候，有一次去北京。然后我一看，北京离山东好像挺近，一下午的火车就到了。

随后我马上从北京坐火车去了济南。

主要是作为一个黑龙江人，北京看起来离哪都挺近。

下车之后走出火车站，迎面一条大标语：蓝翔技校欢迎您。
不知为何有种见到偶像的感觉。

走到火车站广场，站前马路上的交通盛况顿时将我震慑：在短短100米左右的路段上，车头朝着哪个方向的都有，中间夹杂着很多类似煎饼果子的小推车还有三蹦子，谁都动不了。

整块路段宛如被龙卷风搅和过一般，济南人民以开碰碰车的技术在马路上演绎了一场违章大全。

我和其他行人一样在车群夹缝中挤过横道。
过了横道之后，我拦住一位环卫阿姨：阿姨，请问公交车站在哪儿？
阿姨顺着马路一指：欠边儿嘞。

然后我走到了欠边儿，按照朋友的短信指示上了公交车。

行驶了十分钟左右，公交车报站：大明湖畔，到了。
我当时二话没说就下去了。

下去之后，马路对面就是大明湖公园。
然后我给朋友打了电话将约见地点改到此处。
等她来了之后，我们进去二人分饰多角演了一集还珠格格。

走到湖边柳树下。
皇上，是俺，还记得大明湖畔的夏雨荷吗？

走到亭廊角落中。
皇上，紫薇曾经在这里随地大小便。

天上划过一架飞机。
尔康，看，飞机。快许愿。

当时我们寝室里有个淄博姐们儿，熏陶了我一年之久。所以以上琼瑶对话我都是用山普演的。

玩够了之后，我们出去吃饭。

路上发现市区内其他地方的交通也是一样的随意。

走到了一条很宽广繁忙的马路上，要过横道的时候，我发现路口没有红绿灯。

然后我踌躇了一下，问：什么时候过马路？

朋友：没车的时候。

吃完晚饭回到旅店住了一晚。

第二天上午，我问朋友：海在哪？

朋友：海在烟台日照青岛，这里是济南。从这到青岛，火车一下午。

于是我权衡了五分钟，随后坐了一下午火车回了北京。

以上就是两年前我去过一次山东并走错了的经历。

2013 年 2 月 10 日下午，我抵达青岛机场。

出门给我妈打电话：给个地址。

我妈：不用。我让你小舅去接你。

我：什么小舅？

我妈：我表弟。

我：我认识他吗？

我妈：不认识。

我：他认识我吗？

我妈：不认识。

我：那我跟他要用意念相认吗？

我妈：哦，对，你等会儿。

两分钟后，一个青岛号码打来，我：喂。

对方：顾乡啊，我是小舅，我在机场门口呢。

我：我已经出来了。

小舅：哦，你长什么样？

我顿时被这个问题击倒，好在咱中介也不是白干的，跟陌生人约见是本行。

我：你找在正门口右手边，有个一身儿黑的女的，背个黄包，看见没？

说话间我眼看着前方跑来一个寸头哥们儿，手机摁在耳边，跑到我对面，瞅着我说，同时听筒里也说：我看见那女的了，你在哪？

我顿时不知道说啥是好，只好向他举起手机示意了一下。

对面的这位小舅居然还对着听筒道：哈哈哈哈哈是你啊，你让我找个女的我一时还没反应过来。

我确实不知道该说啥是好。

往回返的过程中，双方简单深入了一下了解。这位小舅最近打算换车，目前整个大马路对他来说，就是个露天车展。

一会指着前面说：呀，这车好看。

说着把手机扔给我：给我查一下参数。

然后又指着前面说：哎，这车我不知道多少钱。

然后把手机扔给我：给查一下报价。

一会又指着前面的车开始介绍，因为没注意听我也没记住。

小舅：你给点热情。

我：啥热情？

小舅：你陪聊不够热情。

我：我又不懂车。

小舅：会不会欣赏，好车坏车看不出来吗？

我：看不出来，只要是车门我不会开的车，都是好车。其他的就是普通车。

小舅：照你这么说我这车也算好车。

我：你这是面的。

小舅：我车门坏了。

我：……离我远点。

说完又遇上了堵车，这是我们从机场出来碰上的第三堵。

我：怎么大年初一还这么堵？

小舅：一般时候都不堵，我一上路就堵，知道我外号叫什么吗？

我：不知道。

小舅：给你个提示。

说完唱道：龙崩，龙老，慢雷偷偷供随云八药。

我：程程。

小舅：堵神，谢谢。

我：你唱那是上海滩。

小舅：上海滩不是讲打扑克的事吗？

我：没文化。

小舅：你才没文化。

我：你没文化。

小舅：你没文化。

我：你没文化。

小舅：你没文化。

我：你没文化。

小舅：你有文化你给我背首诗。

我：不背。

小舅：你根本就不会。

我：有能耐你背。

小舅：怎么就不能背？

我：你背啊。

小舅：挖掘技术哪家强？

我：……

小舅：中国山东找蓝翔。

我：这才两句。
小舅：学厨师上新东方。
我：还有呢？
小舅：学计算机……还得找蓝翔。

走到一半的时候，这位小舅突然决定顺路去海边玩。

到了海边，此时冬天，海风奇大无比。

我：这么冷天有什么好玩的？
小舅：你看那有海鸥。
我：我看见了。
小舅：小舅给你表演一个徒手抓海鸥。
我：……

十分钟后。
小舅：刚刚发生了什么。
我：刚刚有个虎玩意撵着一群海鸥踩浪里了。
小舅：哦是吗，我什么都不记得了。
我：我感觉你这个智商会比一般人活得开心。
小舅：小舅给你表演一个徒手开心。

随后我妈电话打来。
我还没等接，
让我小舅抢走了。

小舅：你女儿在我手上，给你一下午时间准备 30 万赎金来救人。晚上五点见不到钱直接撕票。
我：傻子才信呢。
小舅把电话一捂：你妈信了。
我：……

小舅按成免提：没钱拿车换也行，我要一辆马自达叉七，要不就猎豹 CS6。

电话那头一阵沉默。
小舅：要求车子没有抵押贷款。

我妈：魏叉生你是不是欠削？
小舅：魏叉生是谁，听这名字就是一个英俊潇洒的人。
我妈把电话挂了。

在海浪跟前吹出摇滚发型后，我们散步到了沙滩上的游人休闲区。
有很多小孩在迎风玩泡泡水，魏叉生去地摊儿买了个泡泡水给我，然后又返回地摊儿买了把竹刀。指示我：你给我吹大泡泡。
我顺着海风给他兜了几个大泡泡，魏叉生拿竹刀刷刷刷一顿削泡泡。砍完，示意我再吹。

又给他吹了几个大泡泡，刷刷刷又是一顿削。

重复了六次之后，我终于受不了了。我：小舅，能不能告诉我你这是在干啥？
魏叉生缓缓将刀收入刀鞘，遥望海面道：水果忍者。

4章

就这样来到深圳。

2013.02.27

在成都阴沉的冬天中毫无热情地混了一个多月之后。
我去了一次重庆。
假装换换环境直面人生。

我想。
成都海拔太低。
天气难免沉迷。
重庆外号山城。
高处想必可行。

结果我错了。
真不知道为什么。

如果说成都冬天的气候是忧伤。
重庆冬天的气候就是悲怆。

受到如此打击后。
在接到我妈电话通知的第一时间。
我心怀着对北方海边艳阳蓝天的美好希冀欣然同意前往青岛。

抵达青岛当天下午。
我跟着前来接机的小舅来到青岛海边。

在海边眺望了五分钟后。
我终于忍不住问道：大海不是一眼望不到边吗？这是什么情况？
小舅：有文化没，大海冬天全是雾。

我沉默了五秒。

我：晴天的时候会不会好些？
小舅：唠啥嗑呢，冬天海边哪来的晴天？

我又沉默了十秒。

我：这雾一直这么大吗？平常应该不这样吧？
小舅：这算小的。有一次雾大的时候我开导航直接给我导海里了。

我沉默了 30 秒。

我：送我回机场。
小舅：这怎么刚来就要走呢？我把你压岁钱藏崂山上了。明天跟小舅上山寻宝去吧。

在青岛天气和青岛亲戚的双重折磨中度过了十天。
我开始着手申请去印度的签证。

就在这个时候。
网上有个深圳卖山寨机的单位联系了我。

和对方单位代表徐总经过一番交流。

我：你们那天气怎么样？
徐总：阳光灿烂 20 来度。
我：你现在穿着什么？
徐总：第一次聊天就问人家这个，真有点不好意思。
我：……
徐总：黑色蕾丝内裤。
我：……没看出来你哪不好意思。
徐总：说，来不来？
我：我已经订完票了。

2013 年元宵节上午。
我登上了青岛前往深圳的班机。

航空公司在伙食供应上又展开了创新。
当天早上的飞机餐是一根油条两个元宵。
摆成一个敏感词不说，
汤圆上还撒了几根咸菜。

两个小时后，
飞机温州经停。
再次登机时，
上来了一个中年旅行团。
一个中年温州哥们把大箱推到座位边，
目测挺沉。
哥们纵身一拎，
没拎动。

正当这哥们向过路旅客求助的时候，
旁边一个空姐上去右手提起来左手辅助一个托举就给塞货架里了。

女同志，看你这身手以前是不是扛过大包?

温州中年哥们整完行李，一对票，不乐意了。

温中：我这个座位怎么是中间的来?

然后叫靠窗那哥们：我要坐里边。

靠窗那哥们没吱声。

温中叫刚才托举的空姐：你给我调个座，我要靠窗的。
空姐：不好意思，现在调不了了，选座只能是出票的时候说。
温中：那出票的时候他们也没问我呀，你现在能不能给我换?

空姐：不好意思，换不了。

温中：你们这个航空公司的服务怎么搞的，他出票的时候明明应该问我是要靠窗的还是要中间的，根本就没有问过。

空姐一扭脸走了。

山东航空果然霸道。

温中：我上了飞机本来是打算睡觉的。现在搞成个中间的座位，我根本就没办法睡觉了。

说完又前后问：你们谁靠窗的跟我换一下？

没人吱声。

温中坐下了：你们这种航空公司的服务，根本一点都不人性化。你出票的时候明明应该问过的呀，根本就没人问我。你让我现在怎么睡觉？坐在中间我怎么睡觉？

以上相同内容以不同形式重复约有三次。

里边那哥们受不了了：大哥你别磨叽了我跟你换不行吗？

温中：你换就换，说话态度注意一点。

里边那哥们瞅了他一眼，不吱声了。

温中：你让我进去啊！

里边那哥们简称里哥：我还不换了呢！

温中：你什么意思啊？

里哥没吱声。

温中：你刚才不是都说了让我坐里边？

里哥：你想坐就坐啊？

温中：我想坐怎么就不能坐了呢？

里哥：我还想坐副驾驶呢人家让我坐吗？

温中在原地站了一会儿，
跟坐过道的随团亲友换了座。

我估计这哥们同团其他温州老乡都有整死他的冲动。

从温州又沿着海岸线飞了俩小时后，
终于抵达深圳。

特区果然不一样，
深圳机场是我见过最像火车站的飞机场。

出了机场，
徐总带着单位工程设计杨叉帆在门口迎接。

三方寒暄了一下走出大门。

出门迎面就是个大阴天，
上车之后直接下雨了。

我：徐总，你说的热带大晴天在哪呢？
徐总：深圳都晴半个多月了，你一来就下雨。你是不是有冤啊？

说完让杨叉帆查了一下天气。

未来三天，
全部下雨。
我想，
我这是被重庆缠上了。

向市区行驶的路上，

杨叉帆：深圳机场洋气不？
我：挺实在。
杨叉帆：觉得特区怎么样？

我：我刚来。
杨叉帆：你看路边树多不？
我：挺多的。
杨叉帆：特区是不是像郊区？
我：挺像的。往市中心去的路迎头就是一座山。
杨叉帆：深圳山很多。
我：嗯。
杨叉帆：你觉得深圳山多不多？
我：……还行。

杨叉帆转向徐总：老大，她都不理我。

杨叉帆：老大？

杨叉帆：老大？老大？老大？

半分钟后。
杨叉帆：老大，那是哪来着？
徐总：深圳湾体育场。

半分钟后。
杨叉帆：老大，这楼叫什么来的？
徐总：不知道。

又是半分钟后。
杨叉帆：老大这是哪儿啊？
徐总：下沙城中村。

紧接着。
杨叉帆：老大你看那楼顶上有两个坦克。
徐总：我开车呢。
杨叉帆：刚那楼叫什么呀？
徐总：地王大厦。

杨叉帆：前面那个叫什么呀？

徐总：死活要跟着，非说自己是深圳通。老子今天怎么感觉好像是带你见世面来了。

杨叉帆沉默了不到 15 秒。

迅速转移话题道：老大，我家外面的立交桥实在是太吵了。最近我打算把阳台包上。

徐总：包吧。

杨叉帆：不行。我得等我媳妇回来的，家里她作主。

徐总：等吧。

继续行驶十秒。

杨叉帆：老大你看前面那楼阳台真大。

徐总：你去把它包上吧。

杨叉帆：一会儿咱们去哪？

徐总：我送顾乡去酒店。你回家包阳台。

杨叉帆：我应该去看看我媳妇去。

徐总：去吧。

杨叉帆：不行，太远了。我媳妇在包头呢。

徐总：你也过去。你在那待两年包头没准能改名叫包阳台。

杨叉帆：为什么我一说话你就提包阳台！

徐总：你先提的。

杨叉帆：我就提了一次！

徐总：一次毁一生。

杨叉帆：你别提包阳台了。

徐总：你以后别姓杨了。改姓包吧。

杨叉帆：那我叫什么呀？

徐总：包阳台。

杨叉帆：不要叫我包阳台！

徐总：包阳台。

杨叉帆：别给我起外号！
徐总：包阳台。
杨叉帆：你能不能给我换个大气点的。
徐总：包大人。
杨叉帆：比包阳台能强点。
徐总：你老板叫老大，你叫大人。你是不是想篡权？

路上顺着阳台话题徐总介绍了一下杨叉帆买的房子。

杨叉帆家楼前一条立交桥，天天跑大车，其吵无比。又是个西向，夏天宛如闷罐。杨叉帆当初执意买下，就因为能看到大海。买房当时视野很好，开发商号称高端一线海景房。

徐总说，结果不到半年，他家房子前面的沙滩上展开了大面积填海活动。现在人工滩上全是高楼，视野变成一条线。由一线海景变成了一线海景。

杨叉帆：我现在完全不想跟你说话。
徐总：有能耐你给我憋十分钟。

半分钟后。
杨叉帆：老大你看前面那个 LED 屏真大呀……
徐总：闭嘴。憋十分钟。

15 秒后。
杨叉帆：不是。老大，那屏真的很大。
徐总：憋十分钟。
杨叉帆：好的好的好的好的。

十秒后。
杨叉帆：现在到处都是 LED 屏呀，真可怕。
徐总：十，分，钟。

五秒钟后。

杨叉帆：以后说不定整个天空都会变成一个LED屏。

徐总：整个天空都是你包的。杨叉帆，你的事业发展方向就是从包阳台升级为包青天。

杨叉帆怒视徐总。

徐总：包阳台。

杨叉帆：你停车！我要下去。

徐总：你要给我包车啊？

在杨叉帆不间断的话痨中，
我们终于抵达酒店，
下车后双方告别并约定了第二天见面的时间。

当天晚上。
我在房间里悟出了一个新知识。

以后定酒店的时候，
一定要在外面观察一下楼层。

徐总定的这个房间，
窗户正好在酒店霓虹招牌下面。
关上灯后，
我这屋里放点舞曲直接就是个迪厅。

东北人是怎么扯犊子的。

2013.03.05

到目前为止对我来说，发生在我身上最爽的一件事情就是，年少时的偶像单独跟我出现在同一张饭桌上。

而且还是他请客。

谷大白话谷老师是我中学时期的偶像。

谷老师是真老师，整英语的。高三的时候在网上通过谷大白话译制的脱口秀开始接触美国影视节目，当时就觉得这人好厉害哦，国学大师妥妥儿的。跟人家一比我实在是没文化，天天净上学，啥都不知道。

直至四年之后的最终会面，从当年的钦佩艳羡，到今天的把酒扯淡。不由让人感慨。由崇拜到惜才，成长的意义就是越活越有底气。

谷老师，上面这几段以后在你追悼会上我可以再用一遍。

来之前谷老师问要吃啥，我说鱼香茄子水煮肉片儿。没见面先点菜一向是我方的优秀传统。

然后谷老师按这俩菜找了一个自称地道非常霸气不接受预定的川菜馆。为了占座我们俩四点半多就来吃晚饭了。

谷老师：你知道他们家多横吗，我说预定八人桌的他们都说不行。

我：你应该说你要招待国务院来的。

谷老师：咱俩来定八人的顶多是找揍，定国务院的基本就得灭口。

落座后。

谷老师：点吧。

我：鱼香茄子水煮肉片儿。

谷老师：真痛快。

我：川菜我就吃这俩基本款。

服务员：没有鱼香茄子。

我：……

谷老师：那有啥茄子。

服务员：有炸茄盒。

我：这跟鱼香茄子也不搭边儿啊，有没有鱼香肉丝？

服务员：有。

我：来个鱼香肉丝。

服务员记下。

谷老师：太不好意思了，没想到这么霸道的川菜馆居然没有鱼香茄子，我在网上看明明有的。

我：没关系，还有水煮肉片儿呢！

说完转向服务员：来个水煮肉片儿。

服务员：没有水煮肉片儿。

我：……

谷老师点完菜后，服务员来给上饮料。

谷老师：啤酒整点儿不？

我：我喝橙汁儿。

谷老师：我现在酒量小多了，东北人喝酒是最狠的，到了南方全是小细盅。端上来都不用喝，闻两下就没了。

我：谷老师东北哪的？

谷老师：辽宁的，你呢？

我：黑龙江。

谷老师：深圳挺好的，你们老板是哪人？

我：安徽的。

谷老师：南方人挺多都不错。

我：人不错，但是太有文化，放不下来架，要说扯犊子还得找东北的。

谷老师：必须东北的，南方人聊天儿都喝茶，东北人聊天儿都撸串儿，气氛！

我：东北人要说机灵吧，都是小机灵，扯犊子能耐，赚大钱的基本上还得南方人。

谷老师：对。在扯犊子领域东北人基本横扫全中国。

我：北京的哥拿出来一个基本横扫东三省。

谷老师：对，这得服。北京出租车司机要能白话那是真能白话，我有回在北京打车，半个小时的车程，哥们把他家祖宗三辈儿给我讲了个遍。如何从皇亲国戚流落三代，到他成了出租车司机。我这么贫的人跟他唠嗑，愣是没插上嘴。

我：北京也挺好，就是人太多。随随便便出趟门儿，路上就得俩小时。前两天碰上个武术指导，退役特种兵，省级散打冠军，影视圈里指挥动作戏。在北京待了两年，打算改行当编剧了。因为突然觉得自己坐得住了，就是在北京开车道儿上堵的。

谷老师：前一阵过年的时候，北京人可少了，外地人都回家了，大街上车随便开。深圳过年的时候，直接就没人了，全外地的。

我：那我今年过年一定得留这儿，体验一把包城的感觉。

谷老师：我看行，再大的人物一般也就包个场，你这直接包城。

我：不停电吧？

谷老师：不停，但是肯定没饭了。

此时我们的菜上来了。

谷老师：来深圳还打算卖房子吗？

我：这回改卖山寨机了。

谷老师：什么牌子的？

我：五月份上市，现在是研发阶段。一共俩品牌，我负责的名字归我起的，叫节操。

谷老师：节……真叫节操吗？

我：真的，已经注册商标了。上市了直接给您呈上一台，谷老师别担心，到五月份你就有节操了。

谷老师：我太欣慰了，能告诉我这名你是怎么起的吗？

我：他们不是研发手机嘛，就想找个概念。走的是良知路线，该付版权的都给钱，该原创的都原创，出厂时无任何强制植入软件。我一看，这不就是有节操吗，干脆就叫节操得了。

谷老师：你以后作为节操之母，岂不是全中国最有节操的人？

我：节操机机长。

谷老师：那你现在负责啥呢？

我：现在还是研发阶段，我是测试科副科长。

谷老师：真尿性，还带编制的。

我：其实我打算要个副处级来的，徐总说拉倒吧，一个部门就你一个人，副处正厅都是你的。

谷老师：职业跨度整挺大呀。

我：前两天我看网上有个游艇公司招聘销售，我差点没去卖游艇去，一直就想整个游艇。上那儿没准还有内部员工价啥的，200 来万给我折成 20 来万，高低拿下了。

谷老师：你这挺高端，我们还研究买啥车呢，你直接琢磨上游艇了。

我：不是，主要是道上车太多了，我这智商应付不了，还是海上宽敞。大海上有红绿灯吗？没有吧，我爱咋开咋开。

谷老师：我看行，要不你们单位以后也转行开发一下游艇啥的。IT 跟船舶好像也差不了太远。

我：谷老师现在都忙啥呢？

谷老师：我就教英语呗，给他们管管学校。

我：原来是谷校长，失敬。

谷老师：承让。

我：管学校你这是校长还是主任哪？要不就主任吧，你主任我科长，名号还挺对仗。

谷主任：我看行，科长不去香港溜达溜达呀？就在咱对面儿。

我：不去，回去一趟办通行证太费劲。

谷主任：去买点奶粉啥的呗。

我：等有孩子了没准已经移民了，主任你以后得移吧？

谷主任：以后移，现在还不行，现在去了我还得整教育。以后有钱了去那干啥都行。

我：开中介呗，出国中介啥的。

谷主任：也行，其实我是学医的。

我：智商很高的感觉。

谷主任：中医。

我：哈哈哈哈哈哈哈。

谷主任：别乐呀，不是电线杆子中医啊。科班出身，根正苗红国家认证。

我：也行啊，你这英语加中医，出口欧美基本无敌。

谷主任：就是，移澳大利亚赚钱了包个地啥的。

我：包地行啊，但你说我要包地的话……我那游艇搁哪儿呢。

谷主任：安俩轮儿呗，农忙时节开游艇蹚地。

我：我得包海呀。

谷主任：包海也行，打鱼呗。

我：打鱼挣的少哇，我挖深海石油吧。

谷主任：石油行啊，整石油你就发了，到时候别开游艇了直接开航母。

我：必须的，天天开航母遛弯儿，油咱烧得起，自己家产的。

谷主任：那天也得包了呀，发火箭。

我：有钱了就发呗，发火箭我啥也不干，升上天了我放滋花。

谷主任：有钱了就是爽，到时候美国随便移。

我：二踢脚什么的咱都不稀放了，直接放火箭，放天上喷滋花：节操手机祝全球人民新春快乐。

谷主任：买节操送火箭祝寿。

我：买节操送游艇。

谷主任：游艇直接就节操手机控制，无人艇。

我：到时候谷主任移美国了，我没事儿开着游艇上你家串门儿。

谷主任：我就在加州海边给人家针灸，你一个游艇过来在楼下喊我：谷主任下来撸串儿啊。

我：从中国开船过去有点儿远哪，海面上加油站不好找。

谷主任：走海下呀，中美海底通道，挖个海底通道才得花多少人民币呀。

我：光有钱不行啊，道儿还是远。要不咱量子物理吧，我搁这头“嘎”一震，过去了。

谷主任：你搞 IT 的嘛，全息投影儿。你直接从中国一个全息投美国来，咱俩全息撸串儿。

顺着撸串儿的话题谷主任又要了瓶啤酒。

我：你看咱俩这饭吃得多随性，从头到尾没碰过杯。

谷主任：我不劝酒，别人灌我的时候太痛苦了，你能喝吗?

我：能喝，但是不爱喝。

谷主任：女生还行，说不喝也没人硬逼。男的就不行了，哪次回东北我说我不喝，马上，哎？怎么着，南方待两天你高端了是吧？今天非给你灌老实了不可。

我：我这没事儿，有人要灌我，哎不行，不能喝，开艇来的，喝多了回头撞鱼。

谷主任：酒驾再让海岸巡逻队给你拦喽。

我：谷主任，你说咱俩这一顿扯皮子开集脱口秀得卖多少钱哪。

谷主任：卖什么呀，不能卖，有钱了把全球电视台全买喽，就咱俩上去讲。

我：内容信息量之大涵盖全宇宙。

谷主任：不听不行，换不了台。

我：每天黄金时段固定时间准时扯犊子，还是双语播报的。到时候全网络就剩你了。

谷主任：未来真是太美好了。

我：得好好活，不能死，赶明儿我就把大脑移到机器人儿身上。

谷主任：给我也来一副。

我：加不加香菜?

谷主任：加香肠。

我：主任你又三俗了。

谷主任：职业习惯，职业习惯。

我：到时候把脑细胞跟癌细胞基因段儿一结合，“咔”一下无限繁殖了，牛掰大了。永生。

谷主任：你是学啥的。

我：生物工程。

谷主任：我看行。

我：你老中医，我生物工程，咱俩真是科学界的两大败类。

谷主任：生活真是太美好了。

吃完之后，我们出门上了出租车。

谷主任：太不好意思了，鱼香茄子水煮肉片儿一样都没吃着，下回我换一家。

我：不用，下回我直接在家里做好了咱俩拎星巴克吃去。

谷主任：那我提前过去，让星巴克给预备点儿蒜酱啥的。

我：谷主任，其实我以为你会长得比较三俗，但是你本人长得一看就是教育口儿的。

谷主任：我就当你是骂我了。

如何气死文化人。

2013.04.08

徐总这人跟我和杨叉帆混在一起最大的问题就是太有文化。

文化人有一个通好就是喝茶，徐总就特别爱喝。

新办公室装修好之后置办的第一件家具就是一张古筝大小的木茶案。以及全套青花瓷茶道用具。

这套茶具招待的第一批客户就是我和杨叉帆。

我跟杨叉帆落座之后，徐总先拿出来一个长条小木盒，打开，抽出两支熏香。

点上之后，递给杨叉帆，示意他插在桌边的香座上。

杨叉帆小心接过，轻轻地闻了一下。

徐总：好闻是吧，这是我从日本带回来的白檀……

话没说完，杨叉帆双手捏香郑重道：今天我们兄妹三人桃园结义……

徐总：我看你是嫌工资开多了。

插好熏香，徐总拿出一盒铁观音，倒点儿在茶案右手边上一个像是烧窑的时候被拽咧歪了的瓷碗里，然后在左侧的小电磁炉上热水。

水开之后，先把桌上一溜子瓷器烫了一遍。

此处用时五分钟。

烫完之后，开始拿小夹子取茶入壶。

此处用时两分钟。

倒了点儿开水，等了两分钟，然后开始挨个家伙什儿里倒腾。

折腾到一半儿，杨叉帆：老大，能快点吗，我渴了。

徐总非常有素质地将其直接忽略，继续倒腾。

我和杨叉帆怀着怕被扣工资的心态沉默地看着他倒腾了七八分钟左右，最终将饭碗大的一壶茶折腾剩一口，倒在了我们面前。

我跟杨叉帆如释重负地仔细捏起茶盅，双双喝下。
徐总用殷切的目光注视着我们。

慢慢放下茶杯后。杨叉帆：不好喝。
我：杨树味儿。
杨叉帆：不解渴再来点。
我：这个不行，有没有别的。

徐总非常有素质地默然按照上面的过程给我们重新泡了一壶花茶。

放下茶杯后。杨叉帆：有点淡。
我：是挺淡，加点儿老干妈正好。

徐总紧握着开水壶盯着我们。杨叉帆迅速改口道：其实还行，还行还行。哎老大，这俩茶能混一块儿泡吗。
我：混一块儿行，徐总，麻烦你给泡个鸡尾茶。我要下层花茶上层铁观音，注意分层不要混。

徐总：虽然第一次招待你们这样说不太好，但是……滚。

杨叉帆转向我：你们东北人喝茶不?
我：也喝，但是没这么费劲。
杨叉帆：都咋喝呀。
我：我们那儿喝茶的唯一指定器皿叫作茶缸子，倒点茶叶，饮水机热水一泡，直接开喝。有狠的喝到底儿茶叶直接嚼嚼吃了。
徐总在一边儿听得直抽烟。

杨叉帆：老大啊，你这电磁炉能煮面不?
徐总非常不情愿道：能。
杨叉帆：那以后咱在你办公室做菜吧。
我：我看行，把这个茶案子换成菜板子，茶具都换成炊具，老霸道了。
徐总：然后我见客户的时候就叼个烟，坐沙发上切菜是吗?
杨叉帆：是啊，多好啊，这企业文化多独特啊，老大。
徐总：你俩给我出去。

周四晚上的时候徐总表示上次去他位于郊区的新家时发现小区附近有温泉。这周末正好要去量家具。邀请我们同往。

徐总：温泉泡过没?
我：泡过温泉调料包算吗?

徐总白了我一眼。

杨叉帆：温泉还有调料包哪?
我：当然有啊。
杨叉帆：什么味儿的啊?
我：红烧牛肉面味儿。
徐总：够了!

杨叉帆：你都把我说饿了。徐总，周末我跟顾老板莅临你不得露一手啊?
徐总：可以，点菜吧。
我：鱼香茄子水煮肉片。
徐总：不会。
杨叉帆：客随主便嘛，徐总你看着整点实惠的就行。
徐总：西红柿牛腩意面。
杨叉帆鼓掌道：菜名太有文化了啊，徐总。
徐总忍耐道：配菜就芦笋金枪鱼可以吗?
我：你等会儿，意面也就那么地了，凉菜你给我换成拍黄瓜。

徐总忍无可忍道：出去！

最后由于周末下雨温泉没能泡成。我跟杨叉帆单纯地在徐总家蹭了顿饭。

菜单有西红柿牛腩意面、芦笋金枪鱼，以及拍黄瓜。

席间杨叉帆置评道：老大你面条煮得太硬啊，而且这卤子有点儿放太多了。

徐总：出去！

吃完饭之后我们在客厅里观摩徐总的藏书和藏碟。我指着杂志上一篇介绍高级化妆品的文章问杨叉帆：Lamer，这词儿怎么念？

杨叉帆：喇嘛。

徐总：你俩都给我出去！

文化人被我们埋汰了一周末后，周一艰难地调整好心情继续上班。

徐总：你不是说谷老师给你节操手机设计商标了吗？

我：哦。设计了。

徐总：行，发我邮箱。

我随即将下图发给了徐总。

两分钟后。

徐总：你，进来。

我：哦。

徐总指着问：你就让我拿这个去申请商标？

我：对啊。

徐总：这能申吗！

我：谷老师这个商标的设计理念就是节操首字母的缩写啊，不然您以为是什么呢？嗯？

徐总：……出去。

临倒企业生存实录。

2013.09.20

在小米公司推出红米 799 之后，我们单位和深圳许多杂牌搞机企业一样，变成了一个全民售后的公司。

因为其他部门都没什么事干了。

在精神及现实的双重冲击下，全体员工迅速进入混吃等死的状态。

这种情况下最闹心的当然是我们老板。

起初徐总还非常积极地开会动员说：虽然说这个行业早晚要完蛋，但是现在你们不要这么消极，红米不支持联通制式，我们跟他们还是有区别的，节操还是可以继续卖的。

一个月后小米推出了 799 红米 WCDMA 版。

开会的时候徐总先是沉默了五分钟，然后说：好的，这个行业完蛋了。但是，小米公司一向走的是先吹牛后办事的政策。宣传打得响，产能跟不上。我们手持现货还是可以继续卖的。

大家都没有理他。

我：领导，还是走线下渠道处理库存吧，咱们这种没钱打广告的杂牌企业死定了，及时止损比较重要。雷军就是手机圈里的郭敬明，你斗不过人家的。

徐总：你觉得雷军是做手机的?

我：你觉得郭敬明是作家?

徐总：好的散会。

经历了效益惨淡的半个月后。

徐总：我最近一直在反思啊，我觉得呢，我们公司走不下去的原因不光是手机业的形势不好。还有一个主要原因就是我这人品格太高。品格太高的人做生意是拉不下脸忽悠人的。

我：领导，你不是品格太高，是你搞的业务投入太高，你不是拉不下脸，你只是没钱了。

徐总：要不是你说对了我真想把你赶出去。

我：没关系领导，你已经做得很好了。

徐总热泪盈眶道：真的吗，好在哪？

我：随便说说的。

徐总：好想打你。

我：你想多了。

徐总白了我一眼，然后抱头说：哎——呀——我要破产了，我不想干了，我好想倒闭算了。

我：可以啊。

徐总马上又抬头说：可以个屁啊，我还要想办法啊，不能让我的员工失望啊，真破产了你们这几十号人怎么办，看着自己的公司赔钱破产不觉得难过吗？

我：不觉得，我们又不是股东。

徐总：你给我出去。

在我们继续全体客服了几天后，领导再次召开了全体会议。

徐总：都汇报一下工作情况。

群众陷入了沉默。

徐总：干吗都不说话啊，别死气沉沉的啊，不管有什么事儿，能说就拿出来说说。做一天工作就要有个工作的样子。

媒介出头道：最近几个广告合作因为咱们赞助太少谈崩了。

徐总：哦。

架构也跟着说：因为没啥宣传嘛，最近网络关键字搜索热度降了不少。

徐总：嗯。

财务：财务方面就，还是亏着。

徐总：……

用研：最近论坛里用户的活跃度也照从前差多了。

徐总忍无可忍道：好了我知道了别说了，你们谁那有好事能说说？

群众再次陷入沉默。

徐总：有没有啊？

集体沉默两分钟后，售后处处长：徐总，有一个好消息。

徐总马上关切道：嗯，说。

处长：因为手机出厂质量监测不能完全没有疏漏嘛，所以以前我们也多少会有一些售后件处理。

徐总：哦，那好消息是什么？

处长：好消息是最近售后问题基本没有了。

徐总：啊，那是好事啊。

处长：主要是因为销量基本没有了。

徐总：……散会。

群众散去后，徐总叫我：顾乡，你去帮我把午饭热一下，在冰箱里。

我：你自己做的？

徐总：能省就省一点嘛。

我：真的假的，怎么穷成这样了，你今天早上不会是坐公交来的吧？

徐总：我又要给你们发工资又要给办公室交房租，经济压力很大的好不好？

我：不好。

徐总白了我一眼，然后道：我最近在考虑把我现在住的房子卖了。

我：卖了你住哪？

徐总：市区的卖了郊区还有一套。

我：哦。

徐总：就是太远了，开车过来要两个小时。

我：那就别卖了。

徐总：不，我今晚就去郊区的房子往返一趟试试看。

第二天早上九点，徐总到岗。

我：领导早。

徐总：我不行了，我太困了。昨天晚上十点多到家，今天早上六点就起来了，开车两个多小时过来的。早上上个班居然要两个小时，这是人过的日子吗？

我：我觉得挺好的领导，公司开到现在，你终于有了不一样的收获，过上了另一种生活。

徐总：什么生活？

我：你在深圳过上了北京人的生活。

当天开的会是我迄今为止参加过的唯一一次老板睡着了的会议。

售前售后和软件开发所在的技术办偶尔做做客服偶尔收收保修、隔壁媒体宣传网站美工所在的艺术办继续无所事事了几天后，

徐总上班穿过他所在的艺术办，穿过群众进了他的单独办公室，然后又飞奔出来道：你们现在连装忙碌都不给老子装了吗？为什么都在喝茶嗑瓜子啊?!

群众：没有事做啊。

徐总：真就什么推广都不做了啊。媒介，上次联系的公关公司呢？

媒介：联系了。

徐总：怎么说的啊？

媒介：宣传投放方案确认过了。

徐总：方案过了怎么不做啊？这不是有事做吗？

媒介：广告费 20 万。

徐总：哦。然后慢慢退回办公室道：你，你们慢慢喝吧……

消沉了几天后，有天午休，徐总突然目视远方道：我跟你说啊，我现在啊，有点想开了。我发现我跟以前真是不一样了。你有没有发现我变了很多？

我：有，变穷了，变抠了。

徐总白了我一眼，然后说：不，我是说心态。我现在性格跟以前不一样了，以前特别心高气傲的一个人，现在慢慢平和多了，也能接受自己了。这事做到现在，不能说完全没有收获的。经历了这些纠结，我重新认识了我自己，真的很难得。

我：挺好的，但是千万别往外说。被你那帮大佬朋友听到了，肯定得笑话你——这文艺青年创业失败了在那自我安慰呢。

徐总：我抽你你信不信啊？

我：不是特别信啊。

徐总：我都这样了你还好意思打击我，一个比一个不靠谱。还是我隔壁软件那帮兄弟好，特别实在。你看你们这帮人，全在这儿闲着等死。人家都在那做开发呢，现在就剩这帮人还在干实事了。

然后说：我要去隔壁看看我的软件售后同志们，我觉得他们特别好，他们就是我支撑的动力。我觉得有他们在一天，咱们节操手机就不会完。真的，咱们公司就不会完。

然后去了隔壁。徐总亲切慰问道：售后忙不忙呀？就小杨一个人管维修吗?

售后处处长：嗯。

徐总进仓库问：小杨人呢?

小杨：徐总我在桌子底下呢。

徐总：你，你钻桌子底下干吗?

小杨把脑袋从桌子腿之间伸出来道：退这个手机的用户反映说这台机器一到光线暗的地方就拍不了照。

徐总：那你为啥要钻桌子底下啊?

小杨：我找不到暗的地方呀。我看就桌子下面比较暗，我钻桌子底下试试啊。

徐总跟桌子腿间的小杨对视了十秒左右，然后缓缓把仓库灯关掉。

我们在漆黑的仓库里沉默半晌，徐总：杨工，你看这样行不?

徐总痛苦地走出仓库，售后处处长刚接到某客户电话，正要转交给软件科头目何工。

处长：何师傅，你来接一下这个电话，有人提改进意见。

何工过来接起电话：你好。

用户：工程师你好，我有个意见要提啊，你们这个手机振动太小了，我每天早上定闹钟都震不醒。能不能解决啊?

何工：能，你别睡太死。

徐总走出开发办后沉默良久，然后说：好的这个公司要完了。

我：人家其实平常很正经的，谁知道你一来成这样?

徐总：你意思是责任全在我呗?

我：也不能说全在你，只能说大部分。

徐总：不行啊，公司快要死掉了大家干活都没积极性啊，你最近是不是很闲?

我：嗯。

徐总：我给你个任务。

我：什么任务？

徐总：一个月内振兴这个公司。

我：哦，我明天不来了。

徐总：不行！

我：干吗。

徐总：要死一起死。

我：我还不想死。

徐总：给你发工资。

我：那行。

徐总：看来我确实该发展个副业了。

我：什么副业？

徐总：我有个倒腾澳洲牛排的哥们儿，这两天正联系着，我打算去给他卖肉。

我：为啥呢？

徐总：我要打工养公司啊，你们继续在这儿做机，我去卖肉赚钱养家。

我：虽然听起来怪怪的，但是在人品上徐总你确实是个好领导。

徐总：什么叫人品上是好领导，嫌我不会赚钱直说！

我：你不会赚钱。

徐总：滚，你说以后我们公司改名叫深圳市卖肉做机网络科技有限公司如何？

我：你以后改名叫徐弃疗如何。

徐总：太讨厌了，当初又不知道能做成什么样，也没法拉别人来投资，只能可着我自己的钱烧。我只能再想想办法，不能这么坐以待毙啊，现在破产掉几百万就没有了，你明白吗？

我：不明白。

徐总：有什么不明白？

我：领导，我浑身上下就 20，你觉得我理解得了你几百万的忧伤？

徐总：去死。

我：要死一起死。

徐总：你们这种消极等死的状态实在太恶心了。
我：领导不也一样。
徐总：放屁，现在只有我还在为节操机的未来奋斗着。
我：你干吗了。
徐总：我前天去烧香了。

这个公司确实要完了。

我最讨厌别人黑小米了。

2013.11.22

实不相瞒，节操手机所在的企业单位很早以前就已经进入了揭不开锅的状态。

在这种事业单位一般清闲而没钱的状态中混到不耐烦之后，我和同事们在十月底纷纷展开了自救活动，假装开始联络外界给公司拉投资。

其间我流窜到了北京，并拜会了小米手机的雷军先生。

与雷总联络之后，我接到一条短信，对方发来了公司地址和约见时间，署名雷总助理张超。

我回复：收到。谢谢超哥。
对方回复：我是女的。

见面当天的室外状态是北京经典原创天气，我一路咳嗽着走到小米。

在雷总办公室外等待了半小时后，我被放进去了，双方互相寒暄一下然后就座。

雷总：刚从深圳过来?
我：是。
雷总：为什么不考虑来北京工作啊?
我：因为我不爱抽烟。
雷总：……OK。

冷场约有五秒左右。

雷总：为什么呢？

我：啊？因为那个，北京的空气，有点浓烈。

雷总：OK。

我：……我错了雷总。

雷总：为什么呢？

我：没什么……那个，我刚才问了超姐她说您待会儿还有个会，我就不瞎耽误您时间了。

雷总：OK。

我：您愿意当我的新老板吗？

雷总：有兴趣，怎么个当法？

我：节操没有钱做了，我们想找人投资。

雷总：哦，为什么会来找我呢？

我：因为从商业模式上来说，节操跟小米是一样的，只是风格不同。说实话，我也咨询过其他的资方。但是搞智能机，对技术上的要求太高。我就一外行，再去拉个外行的资方，看不出会有什么好下场。互联网卖智能机，小米是行业老大。我想直接跟行内最牛掰的请教会比较简单。很多我不懂的东西，您懂。省着我纸上谈兵硬编个企划书出来。您觉得行，我想办法配合。您都说不行，那我也求了个死心。

此处空闲五秒。

雷总：为什么还想继续做手机呢？

我：因为我太外行了，入行了之后才发现是个坑。电子产品后续服务很麻烦的，不继续做下去，之前的用户没法交代。

雷总：是啊，小米现在全国几百个维修点，各大省份配送中心，很麻烦的，你还愿意做？

我：有机会的话，我愿意学。

雷总：一想到重新建立这么一套体系，我头都大了。我投你做别的好不好啊？

我：看来做手机确实是一个很大的坑。

雷总：很大的坑。
我：没事，次级需求达到了，跟您确认了之后，我也就不用瞎折腾了。

雷总：节操手机有了投资的话，你们未来打算怎么搞？

答案：略。

随后我又冒昧问了雷总小米以后要怎么搞。

内容：略。

上两轮交流历经 20 分钟后，谈话内容逐渐转向了休闲。

雷总：你是哪一年的？
雷总：你老家哪的？
雷总：你爸妈做什么的？
雷总：你大学在哪上的？
雷总：以前是做什么工作的？

以上答案：略。

就这样经历了一番相亲般的交流后，
雷总：你在网上黑我我都看到了。
我：我哪黑你了啊？
雷总：你黑我了，你上篇文章黑我了。
我：我黑你什么了？
雷总：你黑我什么你自己知道。
我：哦，我说你是手机圈的郭敬明啊。郭敬明多成功啊，我很喜欢他的。
雷总：黑我。
我：哈哈哈哈哈，好吧，我错了雷总。
雷总：你明天还在不在北京啊？
我：你需要我在我就在呗。

雷总：明天阿黎回来了你们两个聊聊。

我：好。

雷总：你们年轻人应该聊得来，我觉得我老了。

我：怎么会呢？看您这精神矍铄的。

雷总：……OK。

我：……雷总我错了。

第二天下午五点半，我再次来到小米公司，此次接见我的人是小米副总黎万强先生。

黎总：顾乡你好。

我：强哥你好。

黎总：你脑门上有个圈。

我：是，刚在外面脑门压在矿泉水瓶上睡着了。

黎总：……不好意思，久等了。

双方落座。

黎总：雷总跟我说了你们昨天聊的。

我：哦。

黎总：说实话，投你们公司不如挖你来小米，干吗给节操拉投资？

我：前面节操客户的售后得负责嘛，另外是想尽量给徐总减少点损失。

黎总：来小米嘛，上班不打卡，没有KPI考核，很自由的。

我：今天是周五，现在是晚上八点半，外面一堆人，你这话很没说服力的啊。随后双方进行了一番面试般的谈话。

黎总：你觉得小米的成功所在是什么？

我回想了一下昨天。

雷总：你觉得小米成功的所在是什么？

我：不知道，望赐教。

雷总：小米在网络宣传上的覆盖是很全面的，各种传播平台，媒体。各种社交平台，微博，论坛，空间。以及用户的维护和互动。形成的是一种生态。

我：所以……是宣传。
雷总：可以这么说。

回顾完毕。我怀揣着一种政治考试押对了大题的心情对黎总说：宣传。
黎总：是产品。

这个事实告诉我们，作为一个学渣，面试前和考试前做准备和复习基本上都是没有用的。造化是及格之本。

接下来和昨天一样，在双方交流过正式意见并达成分歧之后，话题走向了休闲。

黎总拿出 IPAD：给你看我们在办公室拍的视频。

边找边说：叫你来小米你偏不来，你看我们这办公环境，多好；办公设备，多好；办公室内网速很快的。说着点开了在线视频。
十秒钟后，视频依然没加载出来。

黎总：妈了个……

折腾了数分钟后，黎总拿起茶几上一盒糖：来你吃这个。
然后我们假装忘却了视频的事情开始吃零食。

我：黎总，你平时有什么爱好没？
黎总：有啊，我喜欢摄影。

说完起身去书架前翻了点东西过来。

黎总：你看，我自己印的摄影集。

艺术的事我一向不太懂，但吃人家的嘴软，觉得无论如何应该置评一下以充实这个谈话区间。
问题是，到底从哪一张下手才能不把马屁拍歪呢？

然后我虔诚地翻看了很久，谨慎而保守地作出判断。凭借着人类的直觉，我指着下面这张说：我喜欢这个。

黎总：我喜欢的是这个。

我：……你这是哪个流派的审美。

黎总：我那叫乱中有序。

……我说了艺术的事我一向不懂。

我：怎么没见过你在网上发这些。

黎总：以前偶尔还是会发的，现在变成工作账号就不方便了。

我：发点生活内容也挺有情趣的。

黎总：工作账号发些风花雪月的事情，总归不太好嘛。

我：怎么会呢?

黎总：会的。

我：人不能老工作啊，都得有爱好，群众肯定理解。

黎总：不行啊，不能发与工作无关的。

我：你们规定这么严啊?

黎总：也不是啊。

说完，黎总欲言又止地纠结了一会儿。

然后摆弄着摄影集小声说：我一发这些底下的人就狂骂“还有闲心拍照片啊赶紧去工厂发货啊”。

我：哈哈哈哈哈哈哈。

黎总：小米用户有时候……很那个的。

我：哈哈哈哈哈哈哈。

小流氓活动中心。

2013.12.17

下岗之后适逢冬天，在低温状态下我不由丧失了活性，开始了无所事事的人生。

这样混了几天，我实在闲得不行，就报了个拳击班。

按电话联系到的路线抵达训练场后，一个自称刘教练的东北大哥接待了我。

刘教练：小顾你好。
我：老师好。
刘教练：昨天是你打电话来的吧？
我：是我。

说完老师带我到场地边看学员热身。

我：老师，拳击班有女生吗？
刘教练：有，你放心。
我：老师你是教什么的呀？
刘教练：我是主教练，什么都教。
我：昨天跟我聊 QQ 那人就是你吧？
刘教练：是我。
我：你昨天说你是打杂的。
刘教练：我知识学的比较杂。
我：……

我一时不知道怎么接话，两人一起看着场内训练。

我：老师，学拳击能不能减肥？

刘教练：能。

我：老师，白短裤那个男生在这儿练了多久了，看起来好厉害的样子？

刘教练：哦，小田啊，老学员，练好几个月了。

我：哦，那现在报名的话都要学什么呀？

刘教练：新学员前一个月练基本功，然后每周末参加对抗，我们这儿不像体校，一个马步扎三年。新生很快就可以参加实战，娱乐性比较强。

我：哦，那老师，有入学测试什么的吗？

刘教练：没有，我们这儿没限制，想学就行。

我：哦，老师我近视眼，上课能戴眼镜吗？

刘教练：不能。

我：隐形眼镜呢？

刘教练：不能。

我：看不见怎么办？

刘教练：你多少度？

我：400。

刘教练：我们这儿还有 500 的呢，你没问题。

我：老师，那不戴眼镜练这个，时间长了能不能治近视眼？

刘教练：你想多了，我这教的不是气功。

说完叫我等候一下，进场叫了一个人出来。

刘教练：这是古教练，你俩聊会儿，这个，顾乡，小顾，古教练给泡壶茶。

说完刘教练进场走了。

到茶几落座，古教练边烧热水边跟我聊天。

古教练：你是哪里人？

我：黑龙江。

古教练：黑龙江人啊，跟刘教练是老乡啊你俩，他也是黑龙江的。

我：听出来了。

古教练：你们老乡见面也不怎么热情啊？
我：主要是深圳的东北人太多，都习惯了。
古教练：你听我是哪里人？
我：河南山东那片儿的。
古教练：真的吗？
我：说话有河南口音。

古教练：我是广东人。
我：……老师你别闹。
古教练：真的是广东人，但是我一说话没人信。
我：你在北方上的大学？
古教练：从来没去过。
我：你家长是哪里人？
古教练：祖辈广东人。
我：但是你这翘舌音咬的是标准山东河南交界处味儿。
古教练得意道：是啊，厉害吧？
我：……老师你到底经历过什么啊？
古教练：跟东北人混的时间久了，说话就变成了这样。

一个广东人，跟东北人混久了，说话一股河南味儿。

太神秘了。

我起身道：老师我想上厕所。
古教练往身后一指：洗手间在那。
我顺着他指的方向走了两步。
古教练：自己开灯。开关在民口。

我摸着厕所门口的开关，心情十分复杂。民口。

古教练，你是广东济南的不？

从厕所出来，在边上围观了一会儿，我交了报名费入场。

热身过后，新生第一课的内容是基本站姿、步法，刺拳和后手重拳。

刘教练先做了几遍示范。示范完指导我道：你先感受一下站姿，站好了啊，膝盖稍微弯曲。重心在两腿之间。来回颠两下，找找重心。稳了吧，稳了左脚脚跟稍微往外发力，踮起来，然后转腰，送肩，把拳打出去。

照做了一下。

刘教练：好，先慢动作分解，然后慢慢连贯。记住拳打出去的时候，胳膊不能太直，稍微有点曲度，太直了会受伤。拳面打击到的一瞬间，握紧。不然这手腕啊胳膊啊都会闪一下。容易伤到，明白吗，试一下。

照做。刘教练：连贯动作。打两下。

刺拳两下。

刘教练：上半身啊，不能前倾啊。你看你这重心不稳。

说完举起靶：来你打一下靶。

刺拳全力打靶一下。

刘教练：稳住，够不着往前挪一步。步法刚才不是教了吗，别使劲伸胳膊往前够。打不着不打呗，上一步再打呗，来。

刺拳再次全力打靶一下。

刘教练放下靶道：重，心，啊，年轻人。重心不稳整个人往前扑，架势挺猛，一拳出去把自己干倒了。你吓唬谁呢？

我：我错了老师。我再试试。

寻找重心的刺拳练习十分钟。

古教练：你今天来得太不巧了，周二男生有体能训练，你也跟着上吧！

我：体能训练？

古教练：对。

我：那个，老师你听我说，我体育特别特别特别差，百米能跑一分钟，立定跳远一米二，我来就是想从零开始锻炼的……

我的声音顿时被集合哨淹没。

第一场速度训练十米来回跑。

我作为体育课长年垫底选手再次在短跑中跑到被人遗忘的地步。

大家四轮跑完很久之后，我暗搓搓地溜回起点摸了一下。

刘教练低头瞄了我一眼：哦。你回来啦？

我：回来了。

刘教练：给你计时我秒表都黑屏了。

熬过来回跑之后，我觉得第一课对我来说最大的磨难应该已经过去了。怀着这样的思绪我放松了三秒。

刘教练：三组俯卧撑。十个一组，开始。

我整个人凝固在了当场。

哨声一响，地上一群男生开始做俯卧撑。

刘教练：来呀，小顾你也跟着做，能做几下做几下。

我只好缓慢地爬到地上，颤抖着做了仨，然后在扑街之前明智地撑身站了起来。

刘教练：还行？

我悲痛地回答：……还行。

刘教练：仰卧起坐能做吧？

我马上挽回道：这个能做一点儿。

刘教练：行你先看一下示范，一会儿你也做一组。

说完转向其他师兄：好各就位两人一组，仰卧起坐，开始。

……我站在现场再一次默默地凝固了。

老师，如果我没记错的话，仰卧起坐，应该是躺着，然后坐起来吧……你这帮学员从躺在地上直接站起来算是怎么回事啊你跟我说清楚点！

令我无法直视的仰卧起站结束后，我从沙袋背后假装随意地走了出来。

刘教练：跑哪去了你？
我：那个，一直都在啊。
刘教练：没事你刚来训练强度不用这么大，来我陪你练会儿刺拳和后手。

十分钟后。刘教练：动作可以了，就是太紧张，你看这一脑门儿汗。是这样，你的肌肉啊，只有在发力和打到目标的一瞬间是紧张的。拳收回来之后马上放松，放松，你放松。哎放松后手别掉下来啊。肩膀放松，拳别放下来。后手不能往后拉，护住下巴。再来。

20 分钟后。
刘教练：怎么回事？你是不是要吐？快！快下来！
我感动道：……没事老师我能憋住。
刘教练：祖宗！你赶紧下来那地是我跪着擦的！

两个小时后，第一课结束。同学们在茶几附近休息闲聊。

刘教练：怎么样第一节课感觉还行吧？
我：还行，就是你这场地实在是太破了。
刘教练：我们讲究的是实用，你以为这是健身房呢？人家多贵呀，高端洋气的。
我：……你这儿明明比健身房贵。

刘教练：年轻人就是浮躁，低调的奢华你习惯一下行吗?

我：……行。

刘教练：小顾你还在上学啊?

我：不上了。

刘教练：上班呢?

我：下岗了。

刘教练：在找工作吗?

我：不想找。

刘教练：你看，你这闲散人员就别嫌场地破了。

说完指着小田师兄他们说：小田你穿点儿衣服，你那后背的文身遮一遮，怎么那么风骚呢?

然后转向我道：你们要尊重一下我的事业好吧？为师开的这是搏击俱乐部，完全是让你们这帮社会闲散人员给搞成了小流氓活动中心。

我：你才小流氓呢!

小田师兄：喂。怎么能这么说教练呢，他明明是老流氓。

刘教练：滚墙角去 30 个俯卧撑别废话。

祝教练和师兄们永葆单身。

2013.12.22

对于身体素质极差又强烈向往成为运动能手的人来说，实现理想的过程中要遭受的不仅仅是生理上的折磨，还有教练和同学们在精神上的殴打。

前三次参训每天坚持下来，次日早上基本都起不了床。

晚上再去上课的时候，

刘教练：后手怎么老掉啊，下巴不想要了啊？

我：老师，我胳膊抬不起来了。

刘教练：没关系，都这样，过两天适应了就好了。

我：真的啊？

刘教练：真的，不信你问你师兄。小田你刚开始是不是也这样？

小田师兄转向我，非常语重心长地说：师妹呀，教练的经验是对的。你师兄我刚开始比你还严重呢！胳膊都没法背到身后，每天早上拉完屎都只能从两腿之间……

刘教练迅速打断道：滚。

热身活动后，肌肉酸乏感逐渐减轻。训练开始。

刘教练：左手刺拳爆发力不够，一拳打出来跟假动作似的，以后回家没事多做做俯卧撑。啊。

我：知道了。

刘教练：摆拳学了没啊？

我：学了。

刘教练：左右连击我看一下。

摆拳两下。

刘教练：不行啊，出拳要直接。送拳胳膊伸平，然后转腰横向打击。你看，像这样。你打那个就是抡。不要抡，不要画大圈，你跳民族舞呢？再来。

纠正后摆拳两下。

刘教练：打完了收回！下巴收住！手别往下掉！后手后手后手！后手放下巴那儿！别往下掉！你看你左手一出拳后手掉哪去了都！你那后手是要防御啊还是要提裤子啊！转腰不到位爆发力没出来！打靶心打靶心！哎呀这个瞎抡啊……

就这样在密集的挨损中连续打靶五分钟。

我：老……（吸气）浩……老……（吸气）浩……老师……老师我真没劲儿了，你……你对我好点行不行呀？

刘教练：我对你不好吗，你还没看着我怎么收拾你那帮师兄的呢，我对你的态度还是比较放弃的。

我白了刘教练一眼，忙着气喘无法应答。

刘教练：我现在严一点对你有好处，小顾你要肯下功夫是可以练出来的，一年之后练好了老师带你去香港参加比赛。

我马上屏息道：真的啊？老师我确实有天分的是吧？

刘教练：主要是女选手比较少，所以只要是女的，再垃圾都可以参赛。

我：……老师，我先走了。

刘教练：你这小孩儿怎么这样，不要这么没自信，你看过《百万美元宝贝》吗？

我：没看过。

刘教练：讲的就是女拳击手的故事，很励志的。你也可以像她一样，为师相信你的潜力。

我：真的？

刘教练：是啊，人家也是从零开始，历经数年刻苦训练，最后一路打到了百万美元大奖赛。

我：哇。然后呢？

刘教练：哦，瘫痪了。

我怒视了教练两秒，完全不知该如何反击。只好转向小田师兄：师兄你帮帮我啊！刘教练太坏了！

小田师兄：好！

说完把拳套往地上一摔骂道：刘教练！你太过分了！

我：对！

小田师兄指着教练：你说你怎么能剧透呢！

……小田师兄，我算是看透你了。

刘教练打走小田后，转向我说：你嫌我不够温柔也行。一会儿等他们热身完了我叫个师兄来教你。

我：好呀。

说完两人看着训练场内做器械和拉伸的其他学员。

我：老师，老师他们为什么要跳跳绳呀？

刘老师：锻炼灵敏度和协调性。

我：那我为什么不用跳跳绳啊？

刘老师：他们用的跳绳很重的。

我：老师，我不怕，再重我也能甩动。

刘老师：你不怕我还怕呢？

我：你怕什么？

刘教练：就你这协调性，给你个跳绳你能把自己抽死。

我：……老师你对我好点行不行？

刘老师：你把自己抽死在训练场上我还得擦地。

我：……师兄什么时候过来？

五分钟后。刘教练：小鹏啊。你过来一下。带一下你小师妹。

一个银链少年过来了。

刘教练：跟你小鹏师兄好好练，啊。那个小鹏你陪她练摆拳。然后练差不多了教她刺拳摆拳简单组合。

说完走了。

小鹏师兄举起靶，面无表情道：打。

左右摆拳各三下。

小鹏师兄：后手掉了。

我赶紧把右手抬到下巴。

小鹏师兄：打。

左右摆拳再次三下。

小鹏师兄：左手摆拳爆发力不够。

我：师兄我左胳膊疼。

小鹏师兄放下靶：哪疼？

我指着上臂外侧：这儿。

小鹏师兄瞄了一眼我胳膊：严不严重？

我：……还行。

小鹏师兄：想不想练好？

我：想。

小鹏师兄：那就别废话。

说完举起靶：打。

……教练，说好的比你温柔呢。

我只好拿右手锤两下左上臂，深吸口气全力左手摆拳打靶一下。同时不由对自己的女性魅力产生了深深的质疑。

由于陪练师兄的统治比较铁腕，当天的课程结束得分外缓慢。

两个小时终于熬完后，我已经基本丧失了行动能力。

刘教练：小顾啊，你怎么回去啊?
我：……坐地铁。
刘教练：那你快点穿衣服，小鹏你送你师妹到地铁站。
我：不用了老师!
刘教练：什么不用了，这都十点多了，你一个人走不安全。
我：真的不用麻烦师兄!

但是小鹏师兄已经在门口了，我只好跟着一起出门。

出门下楼，我们一前一后沉默地向地铁站前行。

路过一家超市，我心想，太好了，我可以去超市以感谢师兄陪练为由给他买瓶水。没准可以打破现在的尴尬局面。

我：师兄你等我一下。
小鹏师兄：你要去哪?
我：买水。

师兄反手在身后摸了两下，从背包侧兜抽出一瓶水，然后递给了我。

我：……谢谢。

继续往前走。
我：那个，小鹏师兄，你觉得我打靶的时候毛病多吗?
师兄：不多。你的问题只有一个。
我：真的吗?是什么?
师兄：笨。

……小鹏师兄，你真是刘教练亲生的好学生。

双方就这样冷着场熬到地铁站。

地铁旁边是该区域的大排档集散地，此时深夜，格外热闹。

小鹏师兄注视着大排档一条街，背对着我问道：你平时有没有吃宵夜的习惯？

我吓一跳：唉？

回过神后，我刚要回答平时基本不吃宵夜，转念一想，小鹏师兄这样问，是不是想请我吃宵夜缓和一下关系呀？这样看来，表面上缺乏口德的人，内心其实还是很温和的。

想到这里，我不由感动了一下。郑重点头说：有。

小鹏师兄依然背对我道：难怪你这么胖。

说完走了。

教练，我想回家玩洗洁精。

2014.01.08

在刘教练手下历经一个星期的精神折磨后，我终于投向了古教练寻求政治庇护。

摆脱刘教练之前，我问了他最后一个问题。

我：老师，我报名之前你不是说馆里有女生吗？这都一个礼拜了我也没看到啊。

刘教练：你来了不就有了吗？

我：刘老师，你真缺德。

刘教练：为师怎么就缺德了，这样，为师决定了，以后你就是咱们馆的馆花，怎么样？

我：……就我一个女的，能怎么样。

刘教练：那麻烦馆花你以后穿得漂亮一点来上课。艳丽一点，紧身一点。天天穿得跟术后康复似的，你是来打拳击的还是来打太极的？

我：……古教练什么时候来教我。

刘教练：你以为古教练就是好人啊。

古教练飞奔过来踩了刘教练一脚。

我在一旁忍不住鼓起掌来。

刘教练：老古你是不是要死？

古教练：背后说我坏话。

刘教练：我当面也可以说。

古教练：老刘你是不是要死？

刘教练：不是你一个广东人跟我东北人嘚瑟什么啊，你那身高跟我是一个物种的吗？我站你面前都能看见你后脑勺。

我：噗。

古教练追打完刘教练回来对我道：笑什么笑，你到底跟谁一伙的？赶紧过来打靶！

我：是。

古教练：你们昨天练啥了？

我：直拳摆拳组合，直拳防守，摆拳防守。

古教练：摆拳躲闪学了没。

我：没。

古教练叫旁边一个师兄：小曹过来一下，给你师妹示范摆拳躲闪。

小曹直拳打靶两下，摆拳躲闪左右各一下。

古教练迅速后退：再来。

进攻加躲闪组合重复一次。

我：哇，老师你好酷啊。

古教练：我哪里酷了？

我：闪得好快啊，步法好酷啊。

古教练马上前进后退蹦蹦跳跳道：是吗？

说完举着靶满场飞奔：小曹，来，追我的靶。

小曹一路狂奔边跑边叫：老师你跑慢点啊！根本打不到啊！你这人怎么这么不经夸啊！

绕场三周之后，古教练奔到我面前站定。

古教练：学会了没？

我：……你跑太快了我没看清。

古教练：来小曹原地示范一下，小曹，小曹呢？小曹！滚过来！

小曹在训练场另一端回应道：古教练！你去死！

古教练：你替老师去吧！乖！

说完转向我道：我直接教你好了。

我：好。

古教练：格斗姿势站好，我用摆拳扫过去的时候，侧身，压低，头的运动路线是往下画一个U型从对方手臂下面绕过去——平时热身的时候那根绳就是教你们练这个动作用的。

我：哦，我还以为是晾衣服用的。

古教练：少废话，试一下。你打两下直拳，然后我摆拳打你，你闪。

躲了三组，第四组被打到了头。

古教练：不要低着头闪啊，你要紧盯着对手，身体移动，视线不能动，再来。

三组之后，再次被刮到头。

古教练：闪的时候要看着我，虽然教练长得不帅但是你也得看着我。

我：好的。

说完准备再次躲闪，古教练慢慢把靶放下了。

我不明所以，跟他对视了三秒。

古教练：我说我长得不帅你居然不反驳。

说完蹲在地上不肯起来。

五秒钟后，古教练还是蒙着脸在地上蹲着。

我：……老师我错了。老师你可帅了。

古教练：敷衍。

我：老师，你蹲在地上的样子帅得令人窒息。

古教练：恶心。

哄教练起来用时三分钟。

古教练情绪恢复后，我们练了一会儿刺拳防守。

防了几下。古教练：不要眨眼。
说完一个直拳。

我赶紧防了一下，同时条件反射地又眨了一下眼。

古教练：你又眨眼了。
我无奈道：老师我控制不住啊。
古教练：千万不能眨眼，眨眼了怎么反应啊？对手一秒钟能打三拳，你想想你眨一下眼得挨多少揍？
我：是，我错了。

随后的防守练习里，我还是每防必眨。

古教练：你没救了，我拳出的快点你眼睛都眨飞了，你干什么啊，你是想跟对手抛媚眼让人家舍不得打你啊？
我：老师那怎么才能不眨眼啊？
古教练：问你师兄去。

我环顾了一圈，经过衡量比对，决定向饭局上只喝酸酸乳平时正经纯真看起来十分值得信任的小刘师兄请教。

我：小刘师兄，请问防守的时候怎么样才能不眨眼？
小刘：把眼睛闭上就不眨了。

唯一一个看起来像是正经人的师兄也彻底暴露了。

克服了十分钟无果后，我终于无奈地转向了刘教练。

我：老师，有一个正经问题请教你，我防守的时候老是忍不住眨眼怎么办？
刘教练：好办，我正经回答一下这个问题。

说完转向古教练：她下次再眨眼的时候你就往死里打她，打到她不敢眨眼为止。

刘教练，我们的师生之情到此为止。

古教练：没关系，眨眼的问题以后慢慢解决，下课之前先教你一下勾拳的打法。平勾和上勾。

说完边示范边讲解：平勾的打法。跟摆拳一样，腿发力，先转腰，肩膀不能后拉，直接送拳。平勾，就是要把拳近距离平着打出来，左手从格斗姿势，顺着腰的转向直接抬平，打击目标。打击的一瞬间握紧。手腕稍微内扣。拳心朝向自己。用拳峰和第二指关节之间这个面为打击面。这就是左平勾，右平勾也一样。

示范完毕，古教练举靶：打。左右平勾练习十分钟。

古教练：别用肩膀推，转腰，腰力完全没发出来。

再次左右平勾两下。

古教练：爆发力不够，转腰！别用胳膊推，胳膊能有多大力量？用腰腿把全身的力量集中到拳上打出来，来。

我：……老师我实在没有劲儿了，胳膊抬不起来了，老师我歇会儿。

古教练：不许休息！别给我软绵绵的！全身力量！打！

我白了他一眼。全力右平勾重击一下。

古教练神情扭曲地说：嗯……挺好的……

然后慢慢摘了靶开始活动手腕。

我喘气道：……老师你怎么了？

古教练：……旧伤被你打犯了。

我顿时紧张：啊老师对不起，老师你快休息一下。

古教练感动道：没关系，小伤。

我：那怎么行呢，老师手腕多重要呀，你看你每天带这么多学员。好多男生都特别有劲儿。你手腕有伤怎么能不注意呢，万一有什么意外搞严重了可怎么办呀，老师老师你快去休息吧。

古教练：你是不是在假装关心我然后趁机偷懒？

我：我没有。

古教练：那你躺着干什么？

我爬起来道：……老师人家真的很累了嘛，休息一会儿好不好？

古教练：我看你就是欠你们刘教练修理。

我：我没有啊，我刚才不是打得挺好的吗？

刘教练路过道：是吗？你还有打得好的时候哪！说完刘教练以手做靶：来我验收一下。

左右平勾各一下。

刘教练看了一眼自己的手，皱眉道：我手心里全是你的血啊！打击面完全不准，手腕内扣不够。指关节全擦伤了。

古教练：戴拳套打吧，你的鲜血已经染红了教练。

刘教练：戴拳套更打不准了，再来，练。

我：老师我手伤了，你对我好点可以吗？

刘教练：谁让你打不准的，拿手打人能不伤手啊，想不伤手你回家玩洗洁精啊，不伤手还无残留呢！

刘教练，我们的师生之情到此彻底为止，我回家玩洗洁精去了。

师生间的主要矛盾起源于场地太破。

2014.01.16

我所在的搏击馆是一个由内而外非常破的地方。

地处距离市中心 40 分钟车程的远郊。

社区周边非常热闹。
行人繁杂，路面脏乱。
地摊一片，没有城管。
整体环境散发着一种厂价直销一手货源的农贸气质。

同时训练场的内部环境也不太讲究。

内墙体和天棚保持管道电线外露的加工厂风格。

半毛坯。高举架。
基本没装修。
进门给人一种想洗车的感觉。

训练区铺的泡沫地板。
按规定必须脱鞋入场。

我：老师，真的不能穿鞋吗?
刘教练：不能。我擦地容易吗?
我：老师，新鞋行不行?
刘教练：不行。运动鞋摩擦力太大，泡沫地板会蹭坏。
我：老师，不铺泡沫地板行不行?
刘教练：不行。人摔坏了你赔啊?

第二天我带了一双软底舞蹈鞋。

我：老师，穿这个鞋行不行?
刘教练：你干啥你?
我：我想穿鞋。
刘教练：你天天穿的跟产后恢复似的我也就不说你了，现在又想穿跳芭蕾的鞋打拳击，还粉红色的。你到底想干啥?
我：这不是跳芭蕾的鞋。
刘教练：我管你呢？不行。
我：为啥?
刘教练：我看着闹心。
我：我要穿。

刘教练抓过古教练：老古，看见没，这就是你的学员，你能不能管管她，整一双粉红色跳芭蕾的鞋来上课。
我：这不是跳芭蕾的鞋。

古教练拿过舞蹈鞋认真地研究了一下。
皱眉道：这玩意……有没有 42 码的?

刘教练沉默了三秒。
抄起舞蹈鞋抽了古教练一下：姓古的你说你作为一个教练你在学员面前能不能神圣一点啊你?!

我在两人互掐的间隙中伺机抽走舞蹈鞋换上进场。

刘教练紧随我进场：我看你那鞋真是太不顺眼。
古教练跟进来道：我也想穿舞蹈鞋。

刘教练忍不住又开始追打古教练。

古教练：听我说完！这样袜子就不会脏了！
刘教练边掐边骂：姓古的你！给我！神！圣！点！

下课之后。

刘教练指着我：你看看，都是你，现在我们拳馆的风气都被你带坏了。

我：又怎么了?

刘教练：以前放学了大家都在茶几旁边抽烟。自从你来了之后，天天带棒棒糖，一下课就发棒棒糖。你看看你那帮师兄现在一个个的没事嘴里就叼个棒棒糖。像话吗?

我：是你说的运动过后需要补充糖分。

刘教练：那你就不能带点巧克力啥的啊?棒棒糖像话吗?

我：棒棒糖有什么不像话的?

刘教练：我不管。这里是抽烟区，不是棒棒糖区。

古教练凑过来道：我可以一边吃棒棒糖一边抽烟，你看。

刘教练：你不过来嘚瑟我还真就忘了说你了。开会叼个棒棒糖，一边训话一边喷口水，学员都在底下乐你听不见啊?你有没有点威信了你，你能不能给我神圣点?

说完转向我：全让你给带坏了。吃棒棒糖，现在又开始穿跳芭蕾的鞋。

我：谁让你场地破的，穿袜子蹭得都洗不出来。

刘教练：我开了这么些年了也没听谁说我场地破。

我：你场地破。

刘教练：你是不是跟我混熟了?

我：本来就破，跟健身房比你这儿跟狗窝差不多。

刘教练：狗窝里头出凤凰你知不知道?

我：鸡窝。

刘教练：狗窝里头出鸡窝啊，你有没有文化?

我：你才没有文化。

刘教练：你懂什么啊，万一你以后真打出名了，拳馆越破就越显得传奇。这叫励志，你懂什么。你看你现在，十点放学后深夜穿过脏乱的街区赶着最后一班地铁独自回家，不觉得很像百万美元宝贝吗?为了配合剧情，我希望你白天赶紧找个临时工打。

我：我放学跑得远还不是因为你这破地方偏。

刘教练：为师这是为了营造一种励志的气氛。我不想再重复这个问题。

我：偏也就算了。你知道你这儿最缺德的是什么吗?

刘教练：你。

……大意了。

居然犯了这种低级错误。

我假装没听见道：地方偏僻就算了。最缺德的是你这儿方圆500米内只有一个标志性建筑，而且还是个妇科医院。每次打车过来我都得跟司机说去妇科医院，很尴尬的好不好?

刘教练：妇科医院怎么了?

我：反正就是别扭。

刘教练：你这小孩思想有问题。

我：我思想有什么问题?

小刘师兄过来了：师妹，这就是你的不对了。事到如今我不得不说两句，你跟司机说去妇科医院有什么问题吗？你一个女同志有必要抱怨吗？你抱怨之前先心疼一下师兄们行吗?

其余男学员顿时顺着小刘的带动展开了控诉。

我：……我错了。

古教练深沉地吐了一口烟：小顾，别理他们。他们这种智商你没必要心疼。这有什么尴尬的，你老师我每次打车都是很大方地说到妇科医院的。

我：就是啊，你们看人家古教练多豁达。

古教练：我一般先说到妇科医院。然后跟司机说，麻烦开快点，我病人马上要生了。

说完转向我：还不快给为师鼓掌?

我：……你神圣点。

对抗目标已选定。

2014.02.14

一次课后，
同学们换衣服休息期间，
比我早来一个月的亮哥测了一下体重，
非常兴奋地向大家宣布，
入学至此已经减重十斤，
从 150 降到了 140。

同学们纷纷掌声鼓励。

我：好羡慕啊。

亮哥：师妹你也可以的，我觉得你现在也比刚来的时候苗条多了。
我：亮哥错爱了。我来的时候 120 斤，现在还是 120 斤。
亮哥：那肯定是你锻炼了肌肉收紧了。
我：真的吗？

其余同学捧场道：真的，肯定的。

小刘师兄换完衣服出来：师妹现在的身材就挺好。
我：谢谢。
小刘师兄：就是腿粗。

我：……你下次只说前一句就行。
小刘师兄：师兄是夸你的啊，我还希望我腿能粗点儿呢，人家都说腿越粗心脏功能越好。
我：谁说的？

小刘师兄：江湖传言。

我：小刘师兄，大家同学一场，我建议你平常最好不要拿这种江湖传言夸女生。同时还有脸大能旺夫、屁股大好生养什么的，看到能启发你想到这些话的女生，你直接夸她性格好就行。

小刘师兄：我觉得挺好的呀。比如师妹你，看起来心脏功能特别好。

我：……别说了。

小刘师兄：你不想心脏功能好吗？

我：……我先走了。

第二天来上课。

热身过后老师安排小刘师兄带我。

打靶十分钟后。

小刘师兄：我发现你这拳跟步法怎么就结合不起来呢，一动就乱。

我：我协调性差呗！

小刘师兄：自己还有脸说？协调性不行你得多练呀？多跳跳绳，过两天你也得参加对抗了，就你这水平上场不让人打死？

我心虚道：我就不用上吧……我是来减肥的啊。

小刘师兄：入学一个月了都得上。

我：我只想跟同学们和谐相处不行吗？

小刘师兄：在这里同学们的相处方式就是和谐地互相殴打。

我：只有我一个女生谁跟我打啊？

小刘师兄：我跟你打呗。

我：不公平，你比我高那么多。

小刘师兄娇俏道：但咱俩是一个重量级的呀。

在我的眼神注视下，

小刘师兄识相地迅速正色道：一动起来乱七八糟的，力度也没有，准度也不行。你还是先练练固定的吧。
说完举起平勾靶位。

左右平勾两下。

小刘师兄：好，上勾。

左右上勾两下。

小刘师兄：两下平勾两下上钩。注意转腰，把力度给我打出来。

全力平勾上钩组合一次。

小刘师兄：可以，就这个力度，保持住！再来！

勾拳组合训练 15 分钟。

小刘师兄：怎么力度上来了速度就没了？快点！加快！
我擦汗道：小刘……小刘师兄啊。能歇会儿吗？我衣服都湿透了。
小刘师兄叉腰看了我一会儿：这么点运动量就出汗成这样？
我：今天穿得有点多……穿了两条裤子。
小刘师兄：你把外面的脱了不就得了？
我：不能脱……里面穿的保暖裤。
小刘师兄：保暖裤怎么了？
我：特别明显，一看就是保暖裤。
小刘师兄：难道上面写着“保暖裤”三个大字啊？
我：……我去喝点儿水。

喝完水回来马上又开始练习。

小刘师兄：速度，别要死不活的，提速！

我缓了三秒，

提一口气全速打靶一次。

小刘师兄：可以，速度可以，力度不够。再来！

我：师兄……我不行了，我真没劲儿了，能歇会儿吗？

小刘师兄：不要歇，你能冲破这个极限才能进步，再坚持一下。

我努力集中了一下精神，随即崩溃道：真不行，我胳膊都抬不起来了……想吐。

说完甩掉拳套扶墙蹭到卫生间很快吐了一场。

从卫生间回来。

小刘师兄：吐完了？

我点一下头。

小刘师兄：好点了吧？

我点一下头。

小刘师兄：那就好。练吐就是一个极限，冲破这个极限就是进步，在这儿停止，水平就上升不了了你知道吗？你要相信你自己，告诉自己，你不累，你能行，肯定能坚持住，来！

我扶墙道：……师兄你能别在这儿搞传销吗？

小刘师兄放下靶：算了。胳膊放松，原地跳两下。

我：……跳不动，我躺两下行吗？

小刘师兄：不行，现在躺着人会变宽。

我：我真站不住了……坐会儿行吗？

小刘师兄：不行，坐着屁股会变大。

我哭道：那我怎么办呀我真的一点也站不住了。靠墙行吗？

小刘师兄：不行。

我：怎么靠墙都不行啊！

小刘师兄：墙上太凉了嘛。

我白了他一眼。
蹭到沙袋旁边：那我抱沙袋总行了吧?
小刘师兄：你抱吧。

我马上双腿拖地埋头环抱沙袋一动不动。

刘教练路过道：真没想到你跟沙袋的感情这么好。

我环挂沙袋一动不动。

刘教练：你赶紧下来，拽掉了你赔啊?

我依然环挂沙袋一动不动。

就这样一直抱到下课。

小刘师兄：下来吧，马上下课了，最后打两下。

我脱离了沙袋垂头拖拉着重新紧了紧拳套。

小刘师兄后退道：跟着我走，我举起靶你就打。精神紧张，身体放松，步法轻快协调点，来，跟上。

我垂头站在原地一动不动。

小刘师兄又过来了：怎么了，不想瘦腿了?
我垂头道：你再跟我提腿我抽死你。
小刘师兄：好，那你想不想变得更美?
我还是垂头：想。

小刘师兄：想就要多跑动啊，只有经常多跑，多动，你的……
我猛一抬头瞪住小刘：我的什么?

小刘师兄迅速收回瞄着我腿的目光，犹豫道：你的……心脏……

我抬高眉毛：我心脏怎么了？

小刘师兄回避着我假装看向别处道：你的心脏就会……变细。

我白了他一眼。
继续低头站着。

小刘师兄：怎么啦，没有动力了呀？
我委屈道：太累了，没有动力了。
小刘师兄柔声道：没关系啊。你可以的。没有动力的时候，你就看看自己，再想想以后。
我：以后怎么了？
小刘师兄：拖着这么粗的两条腿，不觉得后半生的路很难走吗？

……实战对抗目标，
已选定。

教练是最公平的。

2014.04.09

在散打班混得时间长了，
我逐渐在刘教练的精神虐待中找到了心理平衡。

起初我一直以为刘教练没事老损我是对我有意见。

但在深入接触后，
我发现我误会了他。

刘教练并不是专门克我。
他只是先天性口腔缺德。

患有先天性口腔缺德症的人其实很公平。
犯病时没什么针对性。
逮谁都祸害。

按照班级规定，
新学员入学四周课时后都要参与每周六晚上的实战，
早我一个月来的亮哥在练完第一阶段后被教练安排上场。

开场之前，
亮哥敬烟道：刘教啊，你今天一定要给我安排个水平弱点的师兄跟我打，让我死得好看点。我把我媳妇都带来了。
刘教练神色非常可靠地说：你放心吧。

亮哥戴好护具后，
跟场外的亮嫂非常自信地招了招手。

然后转向刘教练：刘教，我跟谁打?

刘教练向班里第二厉害的师兄一招手：来小段，你陪他玩玩儿。

亮哥“嗵”一声跪下了：刘教！你咋这样！那老段打人跟切菜似的你让他来虐我?

刘教练奸笑着退到墙角。

双方碰过拳套之后，
对抗开始。

亮哥紧张道：段师兄啊，你可对我好点啊。
小段师兄：砰。

刘教练：小段，上！揍他！

段师兄一步上前两个刺拳点到为止。

亮哥抱头满场开窜。

刘教练：干啥呢？可哪瞎跑啥？步法没学啊？移动范围小点，眼睛盯着对方。再跑我上去揍你了啊！

一百五十斤的亮哥听罢只好沉重地左右颠着假装向段师兄逼近。

步伐之沉重，
颠一下之间已经挨了段师兄三拳。

刘教：小段，打他肚子，他肚子上肉多。

段师兄低身位一个上步，
照准亮哥肚子：砰。

刘教练：腰上再来两下。

段师兄撤回，
原地颠了一会儿，
亮哥非常有尊严地放下胳膊夹着腰一动不动。

段师兄照亮哥脸上晃了一下，
亮哥迅速抱头。

抱头的一瞬间，
段师兄侧身上前连发两个左上勾。
亮哥“嗷”一声，
腰肉击起数层浪。

刘教练：该，活该，手还敢放下了，谁教你的？赶紧的，上，进攻！

两分钟后，

亮哥叉腰喘气道：不行啊……老段实在太快了，我防都防不过来，还进攻呢。你看他，就拿一个左手调戏我！烦不烦！

段师兄：不烦。

亮哥：老段啊，要不这样，你让我打两下，桌上那包烟给你。
段师兄：我就是硬拿你能把我怎么着吗？
亮哥：不仗义啊，你要让我一下，我接下来一周天天给你买烟。
刘教：干什么玩意呢在那讨价还价的，买菜呢？赶紧的，最后三十秒。阿亮，我必须看见你一次有效进攻！要不你别下来。

亮哥原地酝酿了一会，
深吸一口气，
全力冲向段师兄蒙头一顿狂抡。

抡完之后一抬头，
亮哥：诶？

古教练扶着墙道：……在你身后呢。

刘教练：阿亮啊。为师教学这么多年就没见过你这种打法。人都没了还在那抡呢？行了，下来吧。下一组小田小曹准备。

小田师兄小曹师兄换好护具上场。

双方碰过拳套后，
小田师兄先发制人，
迅速一个刺拳上前，
近身一个右平勾，
对方后撤的同时左摆拳进攻，
同时拉近距离顺势一个右上勾。

动作漂亮组合到位。
出手果断凶狠凌厉。

问题是一下都没打着。

刘教练不忍直视道：啧啧，我都替你觉得尴尬。小田啊，下次吧，你再打不着的时候，你自己配个音，好吧？

说完转向场下坐着的群众：你们都在这闲着干啥呀？小田再打你们给配音哦。
说完，
小田师兄又出了一拳。

我们在台下同时像武侠片里一样配音道：噗 Shi——

台上两人在过招。

我们在台下：Pia！ Pang！ PuShi——

刘教练：行了都闭嘴烦死了。

说完转向台上：小田小曹你俩打拳一个毛病，不低头，都往后仰。什么毛病？那上半身重心往后，很多躲避的动作都做不出来。你后仰的时候下闪一个试试？

两分钟后，

刘教练：说了也不改，都往后仰着，瞅着咋那么狂呢？你俩真是拳馆两大不服。

半分钟后，

刘教练：小田你能不能别老穿白裤衩，一出汗都快透明了，还有你那裤子，老是拉那么低干什么？非得把最下面那两块腹肌露出来，风骚。

小刘师兄：田队的八块腹肌确实练得挺好。天天还穿得这么暴露，我要是女孩子我肯定控制不了。

说完，
场下群众慢慢地一起将目光转向了班内唯一一个女孩子，
也就是我。

我：瞅我干啥？

小刘师兄赞许道：幸亏师妹见多识广。
我：我怎么就见多识广了，你说清楚点。

小刘师兄：我意思是你见过十八块的。

小田小曹结束之后，
还有几场老学员的对抗。

我以为打得好的应该没什么可说的，
结果接下来的实战环节里刘评审的嘴忙碌得令人心痛。

刘教练：小段协调性好，速度也可以，啥都好。就是身高基本上算残废了。

刘教练：小鹏属于比较有天分那种，打得时候很有感觉。稳，快。问题就是死懒，八百年不来训练。

刘教练：小聂你作为大师兄啊，你那身材能不能注意一点？你看看你师弟好几个都八块腹肌了，你那腰上的赘肉是怎么回事？裤腰带扎紧点都往下淌。

刘教练：小刘今天打得还行。腿长的优势踢的时候要发挥出来。但是你那重心呢？踢完了让人一搂就撂倒。还有你，你是谁啊？你这护具怎么这么严实？怕死啊，脑袋套得跟钢铁侠似的。你能看着个啥？

以上几组结束后。

刘教练环顾场下：还有谁。

说完看到了角落里的我。

刘教练：你是不是一次没上过呢？

我：没。

刘教练：你来。

还没等我说话。

刘教练：我不接受否定的答案。

我：谁跟我打啊就我一个女的。

刘教练：我可以让小曹陪你，你俩挺般配的。你近视四百度，他近视五百度。你们可以给大家展示一下什么叫作盲打。

我：老师你忙吧我先走了。

刘教练：不行。把护具给她套上，早晚都得上，谁也别想逃。

套好护具后。

刘教练叫小刘师兄上场。

我：老师，你再考虑一下吧，我跟同学们关系很好的，我舍不得打。

刘教练：你想多了。你根本打不着。

事实证明，

刘教练的见地是正确的。

两分钟后，

刘教练：小刘你别躲了，你站那让她打两下，干打打不着我看着都着急。

小刘师兄：来吧。

我：真打呀？

刘教练：打。

我：他太高了我够不着。

刘教练：有什么够不着的。打。

一个右平勾。

刘教练：你是不是想气死我？比人家矮你就打腰腹啊，非得打头干什么啊，打不着你还跳起来打，你灌篮呢你？

下场之后，

全体集合。

刘教练：总结我就不说了，刚才都说得差不多了。进步有，问题也有。来都自己说一下感想啊，阿亮觉得自己打得怎么样？

亮哥：第一次上场，感觉自己差距还是太大，以后多加训练。

刘教练：嗯，好。小曹觉得自己打得怎么样？

小曹师兄：感觉打拳有点像炒菜。

刘教练：怎么还炒上菜了呢？这一拳酱油搁多了，是这意思不？

小曹师兄：不是，是感觉跟炒菜一样，技术掌握了之后实战当中更多靠感觉。

刘教练：嗯。小田说说自己有什么问题？

小田师兄：防守还可以。躲闪动作做得不好。

其他同学发言的过程中，
我一直在暗自排练回答内容。
从技术方面的基本解读，
错误要点的自我分析，
再到未来训练的决心和展望。
三大板块要做到全面覆盖。
语言组织要简洁精准。
同时表现出发言者认真诚恳的思想态度。

就这样谨慎地排练了三遍过后。

刘教练转向了我：小顾啊。

我：到。

刘教练：好不好玩？

我：……好玩。

刘教练：好。下课。

过于傲娇，就是欠削。

2014.04.28

很多青春不再的人常常觉得年轻是个好事。

由此衍生出的理论是，
人到中年即便外表变了，
心智依然年轻，
是好事。

但是有些人年轻的时候是很缺德的。

这种人一直年轻的后果就是一直缺德。

比如古教练。

在拖延了很长一段时间才去训练的一天。

古教练看见我：为什么这么长时间都没来？
我：懒呗。
古教练：……你行。
我：咋地？
古教练：你这么多年行走江湖就靠脸皮防身呢是不？
我：我就是这样坦诚。
古教练：别废话了。赶紧压腿热身。

说完自己在镜子前搂着一条腿举过头单腿立定。

我在旁边看了三十秒左右，

古教练单腿举头顶对着镜子站了三十秒。
纹丝不动。

我：老师你真厉害。
古教练看着镜子：谢谢。

我：平衡能力真好。
古教练：谢谢。

我：你能闭着眼睛站吗？能我就服你。
古教练：我用你服？

说完闭上了眼睛。

然后我目送着古教练闭着眼睛单腿跳向了远处。

落地跑回来后，
古教练白了我一眼。
再次单腿举过头顶对镜站定。

又保持了三十秒左右，

古教练：只要我不闭眼睛，这个动作我站多久不会歪。就是这么稳。

我：我推你你也站得稳吗？
古教练：你试试。

我用左手食指轻轻捅了他一下。

古教练保持着单腿过头的姿势，
一个一字马直挺挺地拍在了地上。

围观群众被声音吸引，
回头一看，

纷纷掌声鼓励道：古教真功夫啊！

古教练趴地上道：我还赛百味呢！

然后爬起来一指我：她捅我的！

我：你同意的。
古教练：那你就捅啊？
我：看你这么厉害很好奇嘛。
古教练：我当然厉害！
我：老师你会倒立吗？
古教练：切。当然会！
我：老师能展示一下吗？
古教练挽了挽袖子：我手腕有伤，用头给你倒吧。

说完以头撑地双手辅助，
七十五度角倒立保持二十秒左右。

我：老师你真厉害。

古教练放腿下来站起身白了我一眼：我又中计了。
我：怎么了。
古教练：发型都被破坏了！你是不是阴我！
我：是你自己要用头倒的。
古教练对镜整理头发盯着我：我带过这么多学生，数你最坏！
我：我哪知道你手腕有伤。
古教练：你还跟我抬杠！你知不知道今天有体能？
我马上谄媚道：知道，但是古教练这么大方肯定不会公报私仇的。

一小时后。
集合哨吹响。

古教练：朋友们，愉快的俯卧撑时间又到了，你们该干吗干吗吧。
说完一指我：你，俯卧撑准备。

我跪地撑好。

古教练：现在能做多少个了？
我双手撑地低头诚恳道：老师，最多最多能做十个。

古教练：最多能做十个哪？你真棒！那就十个一组连做三组三十个俯卧撑开始。

我一下扑到地上：畜生！

然后全场都安静了。

古教练俯身道：你刚骂我什么？

我抬头：什么？

古教练：我听见了。你骂我畜生。

我马上俯首跪地道：老师我错了我对不起你！我没想到我说出声了！我本来只是在心里默念的！

古教练捂着胸口道：哎哟……哎哟……我这个心……哎哟我的心……

我：老师我错了！我对不起你。
古教练：没用了。心已经伤完了。

此时其他人已经结束俯卧撑，
开始了仰卧起坐。

我：老师我做仰卧起坐吧。
古教练：别，千万别，我再也不强迫你了。您爱干吗干吗，您快歇会儿，求您了，别骂我就行。

我：……老师我不是故意的嘛。
古教练：别说了，让我走。赶在眼泪流下来之前。

然后向斜上方别过头道：这是我最后的骄傲。

说完跑到墙角蹲下开始玩手机。

虽然自觉有愧，
但我还是忍不住在内心朝着他翻了一个白眼。

体能结束后，
我主动把散落在场地内的护具靠墙整理好。

一路摆到墙角的古教练身边，
我腼腆道：老师，我帮你收拾东西呢。

古教练：我不值得你这样做。

我克制了一下。诚恳道：老师，是这样。你知道人在极度痛苦的时候，会说出一些无意识的话。就是他并不是那个意思，只是一个语气助词。比如说，我不小心撞到墙上了，就骂了墙一句。但是正常情况下，我肯定不会骂墙。我也不恨墙。你明白吗?

古教练收起手机，正色道：你意思是，我是墙?

我当时内心昏迷了三秒左右。

调整好了说：老师，我真的知道错了。再也没有下次了，我已经改过自新重新做人了。

古教练：你是重新做人了。我这辈子可都是畜生了。

我：……

古教练：现在又成了墙。

我慢慢躲到了沙袋背后。
希望时间能淡化一切。

第二天周六。
我跟周末近身格斗班的一个师妹约好等她上完课一起出去吃饭。
陪她到了班级，
我坐到刘教练办公桌旁边：老师好。

二十秒后，
对面的电脑显示器旁缓缓伸出一个人头。

古教练：你跟刘教打招呼不跟我打？
我：啊，老师，我没看见你。
古教练冷笑一声：看得见人看不见畜生是吗？
我：……你还没完了是吧？
古教练：少废话，来了就跟我一起上课。
我：我不是这个班的。
古教练：你欠我的。
我：……行行行。

热身过后。
古教练：复习一下上节课学的内容。正面攻击——比如说别人扇你，怎么格挡，然后把对方撂倒。
然后叫我：你。过来。

我站到古教练对面。
古教练：打我。
我直接把胳膊伸到他面前。
古教练：群众演员能不能敬业一点？
我慢慢把胳膊照他脸旁边抡去。
古教练白了我一眼，

左前臂格挡，
右手从我上臂下方穿过抓住他自己左手腕同时把我胳膊折到一起，
稳住之后向外往斜下方一用力。
古教练：倒。

我顺势下了个腰。

古教练：……叫你倒呢。
我仰着说：没事我能挺住。
古教练：你倒不倒?
我：我这不倒了吗只不过没躺下。
古教练：你能不能配合点。
我：地上脏。
古教练：你倒不倒?
说着往斜下方又压了一下。

我又顺势往下下了点儿腰。

古教练：你倒不倒?
我主动又往下弯了一点儿。
给了他一个“就是这么软”的白眼。

古教练一腿把我绊躺了。

我赶紧弹起来拍灰：你玩儿赖！明明是讲掰胳膊的不带上腿的！
古教练抽出道具匕首：我还上刀呢，你管着吗?
然后转向师妹：你先把她撂倒几次复习一下，这节课学刀棍防御。

复习十分钟。
古教练：来你过来，我示范一下。
然后把匕首给我。
古教练：扎我。
我用击剑的造型捅了他肚子一下。

古教练：……脸。

我又用击剑的造型往前一捅。

古教练：反手！反手！什么叫扎！

我：哦。

反手握刀从上往下一扎。

古教练演示并解说道：刀从你左边过来，左前臂格挡。跟上节课学的挡法一样，别伸太直。120 度角，挡住了，抓对方持刀的胳膊往外推，右手按着对方后颈，往下压，同时，顶膝。顶完了，左手掰对方手腕，往反了拧，在对方松手一瞬间，夺刀。

演示完，

匕首已经到了古教练手里。

我刚要走人，

古教练反手持刀在我脖子前“嗖”了一下。

说：你死了。

然后转向其他人：分组练习。不明白的问我。

我：……我先走了啊。

古教练：你已经死了，你不能走。

我：我要上厕所。

古教练：死人不能上厕所。

我：你是不是整我？

古教练：死人不能说话。

我：你这人怎么这样？

古教练：我不是人，我是畜生。

我：这可是你自己说的！

古教练：是你先说的！我恨你！

我站在窗前眺望远方平复了一下心情。

转身说：古教练，我最后郑重地跟你道一次歉。

说完一鞠躬：我错了。

古教练：你哪错了？

我：不该一时冲动骂你是畜生。

古教练：然后呢？

我：以后保证再也不会骂你。

古教练：如果违反呢？

我：肯定不会违反。

古教练：如果呢？万一呢？假如呢？

我：保证不会。

古教练：我不相信。你已经伤害了我，昨晚睡觉我都没敢枕枕头。

我：为什么？

古教练：怕哭湿。

我瞪视古教练，
用目光跟他厮杀了五秒，
对方的眼神中毫无悔意。

我叹口气道：……老师啊，你要是再这样可就有点欠削了。

古教练一下精神了：哎哟？哎哟哎哟？你不光骂我，现在还想削我？

说完挽起袖子做好格斗姿势原地蹦蹦跳跳道：你是不是想单挑？你来啊！我让你三百招！照样打死你！

我：畜生！

练跆拳道要对得起牛顿。

2014.06.27

此前所在的散打班由于距离较远，
每天往返上课在路上的时间就要两个小时。

就这样经历了几个月的通勤，
学期结束后，
在寻找新场地搞体育时，
我非常极端地选择了一个离住处步行只需一分钟的地方。

这个地方是一家跆拳道馆。

第一天去上课，
道馆吕教练接待了我。

上课前，

吕教练：以前有没有基础啊！
我：没有。
吕教练：为什么想来练跆拳道啊？
我：减肥。
吕教练：减肥少吃点不行吗？
我：不行。
吕教练：对跆拳道有没有什么了解啊？
我：没有。
吕教练：那你干吗来报名？
我：近。
吕教练：……你行。是这样。如果是零基础的话呢，你最开始就是白带，要跟白带班一起上课。白带班里都是幼儿园小朋友或者是小学生。

我：这名字也太难听了。有没有别的带。
吕教练：还有黄带绿带蓝带红带黑带。
我：我上课能不能直接选黑带。
吕教练：你出家能不能直接当方丈？
我：什么意思？
吕教练：你说什么意思？
我：你是方丈呗。
吕教练：我是你班主任。

换好道馆发的统一制服后，
我跟随吕教练进教室上课。

吕教练：同学们，欢迎一下我们道馆来的新成员。

全体幼儿园小朋友一起给我鞠了个躬。
齐声道：教—练—好嗷—

吕教练：教什么练啊。这是师妹。

前排一个小孩震惊地从地面慢慢抬起头看向我，
喃喃道：好大一只师妹……

我：年轻人，注意你的用词。

准备动作做完后，

吕教练：好。今天有新同学加入，上课之前先复习一下跆拳道道义。跆拳道五大精神，礼仪、廉耻、忍耐、克己、百折不屈。礼仪是什么意思谁来回答一下。

一个小孩：礼仪就是有礼貌。
吕教练：对谁有礼貌？
小孩：对谁都有礼貌——
吕教练：我问你对谁啊？

小孩：对——谁——
吕教练：你是不是来砸场子的？

然后叫了一个在举手的小学生：你说。

小学生：对家长对老师对长辈对同学。
吕教练：对植物要不要有礼貌？
小学生：要。
吕教练：我今天晚上上课之前看见你在外面爬树，爬树有礼貌吗？
小学生：没有。
吕教练：下次不要让我在树上看见你。

然后转向全班：或者你们任何人！放学不早点过来上课，没事就在那里爬树！每次晚上来上课，走到门口，我一看树上，都是你们！烦都烦死了！烦不烦？！

全体：烦——
吕教练：好，爬树的事情我就说这最后一次。百折不屈什么意思？
小孩：百折不屈就是要坚——强——
吕教练：怎么个坚强啊？
小孩：不——知——道——
吕教练：没有人知道吗？

场下静默。

吕教练：那我提示一下。比如说，教练让你踢一个横踢，踢了一百次，还是踢不好。这个时候要怎么办？

继续静默。

吕教练：为什么没有人回答。

一个小孩颤颤地站起来了。

吕教练：你来说。

小孩犹豫了一下，悲壮道：就是，百折不屈就是，横踢如果踢不好，踢了一百次，把腿踢折了也不能屈服。

吕教练扶着墙站了一会。

转回一看：你是干吗啦……喔你是认真的喔……干吗含着眼泪啊……不要这样不要这样，没有人叫你把腿踢折啦！我平时有说你横踢很差吗？

转向全体：好了好了。你记得百折不屈就是要顽强就好了。顽强，好不好？所有人起立。开始上课吧，白带班的，蹲起踢腿，蹲下，起立，弹腿，五十下，开始。

然后对我道：教一下你最基础的前踢。右腿格斗式准备，像我这样，站好。

站好。

吕教练：前踢呢，要先把后面这条腿提到前面来，抬膝盖到腰带位置，这样，然后保持大腿不动，向前放松地弹小腿。踢完之后，收，先收小腿，然后再落地。

按照示范分解动作前踢一次。

吕教练：对。就按照这个步骤，左右两边各二十下，找找感觉。

训练过程中。

吕教练：膝盖能不能抬高点啦。你踢那么低你是要跟狗打架啦。

吕教练：踢腿的时候上半身给我稳住，挺直不能动！你干什么啊，一腿出去你给我踢个 Wave 出来你好销魂哦。

吕教练：为什么这么慢啦。快点啦。能不能有点爆发力啦。你是在练跆拳道还是在跳广场舞啦。

吕教练：踢出去给我定住啊，定腿高度不能低于腰带。支撑腿站稳了。想不想减肥啊。想减肥就把腿给我抬高点啦。

吕教练：上课精神一点紧张一点，别老是那么休闲。一样的道服，穿在别人身上是搞体育的，穿在你身上就像蒸桑拿的。

课间休息的时候。

吕教练：你是哪里人啊？
我：东北的。
吕教练：喔，难怪那么大颗。

我：……你解释一下什么是大颗。

吕教练：人要论个，球要论颗。

我：老师你的实战经验一定很丰富。
吕教练：你怎么知道？
我：从你的气质上来看，揍你的人想必很多。

吕教练：讨厌啦，我很胆小的。东北我去过一次喔，好可怕的。
我：你什么时候去的？
吕教练：上大学的时候有一次打比赛是在吉林。东北的人都好大只哦。你们那里打车的习惯也很奇怪，司机不会只拉你一个人，路上还会顺便拉陌生的人拼车。每次上来的陌生人，都好大只喔，我好怕怕！真的都好大只。

我白了他一眼。

吕教练：而且还是女的。

我白了他两眼。

吕教练：秀一句东北话给你听好不好？
我：不好。
吕教练马上带着一股港台味儿说：不要扯淡了啦，你拉倒了啦。

我：老师，你们这儿还有别的教练吗？
吕教练：干吗，对我有意见啊？
我：没有。我只是不明白我为什么走到哪里都会遇到你这样的人。

吕教练：你解释一下什么叫我这样的人。

就在这时，
一个穿道服的男青年从我们面前路过，
并在路过的瞬间侧头望了我们一眼。

在这一眼的过程里，
我发现这位男青年的眉骨和眼睛非常漂亮。

我顿时精神了：刚那人也是你们这儿的老师吗？
吕教练：那个是黎教练。
我：能不能介绍认识一下？
吕教练：你想让他带你啊？
我：行不行？
吕教练：你会后悔的。
我：不会的。
吕教练：你这女人真是太不识货了。全道馆你吕教练我可是最受学生欢迎的。黎教练如果不是长得好看，根本不会有人上他的课。
我：长得好看是最重要的。
吕教练：你这样讲我真的有点受伤耶。告诉你，我这个人你别看我第一眼很丑。看时间长了，你会发现更丑。

课间休息结束后，
吕教练把我移交给了黎教练。

吕教练：前踢和下劈我都教过了。你可以教教她横踢。

然后凑近我说：年轻人有的时候就是不听前人的警告，错误一定要自己犯过才能体会到教训。

然后一甩头发走了。

和黎教练互相行礼后，
开始上课。

黎教练先示范了一下横踢动作。

然后分解示范说：横踢的分解动作，是这样。先正身提膝，到腰带位置，小腿要夹紧，然后同时转支撑脚和腰胯，转侧身，小腿和膝盖抬平，和上半身成九十度，与地面平行。你先不用踢，就做一下这个提膝转胯到小腿侧身抬平的动作。试一下。

照做。

黎教练：上半身不要往后倒，腿侧抬到腰带位置，和身体是垂直的。

我：老师，不是我不垂直，我抬到这已经是极限了，腰上有赘肉的阻挡。

黎教练摸了摸自己的腰，
露出了不解的神情。

吕教练在三米之外说：女孩子花一样的年纪里，你是一棵 succulent。
我：什么意思？
黎教练：多肉植物。

我：……的。
黎教练：什么意思？

我：……没什么……总之，老师，这个动作我确实做不到标准。
黎教练：你抬不高是因为大腿和腰部肌肉力量不够。

我：对。是这样。不是因为胖。
黎教练：所以，最主要的是先把腿部肌肉爆发力锻炼出来。

我：对。
黎教练：原地双腿抱膝跳六十个。三分钟内做完。开始。

我：……

做到第四十个的时候。

我：……老……老师，你再……你再考虑一下……我觉得，应该是胖的问题……

黎教练：不要跪着。站起来。还有二十个，坚持，跳完了我们就做别的。好不好?

我：只要不是做这个……什么都行。

黎教练眼神温柔：好。

我强爬起来要死不活地跳到六十个。

跳完之后，

黎教练：做完了?

我点头：嗯。

黎教练：很好。做完了我们换别的。

我：好的!

黎教练：单腿抱膝跳三十个，开始。

远处的吕教练：哈哈哈哈哈哈哈。

我白了他一眼。

吕教练：啊哈哈哈哈哈哈哈哈哈哈哈。

跳到一半。

我：老师，落地的时候脚好痛。

黎教练：因为原来是双脚。现在是单脚。质量不变的情况下，受力面积减少了一半。压强变大一倍。所以会痛。

我们对视了五秒左右。

我：……老师你是认真的?

黎教练：不然是为什么? 继续。

跳完之后，
歇好气儿，

黎教练：现在再试一下横踢快速提膝转胯的动作。

照做一遍。

黎教练：很好。速度快多了。速度快了，靠惯性才能把腿抬高到标准位置。你现在可以试一下踢。
然后举一个腿靶。

黎教练：中间的位置。踢。

踢了两下。
黎教练：提膝转胯又慢了。记住抱膝跳的感觉，膝盖，往胸口方向，抽。迅速一点。再来。

又踢两下。

黎教练：踢完落到前面，连续二十腿，注意腰部力量，转胯。踢。

踢。

黎教练：快一点，用力！想办法把我踢倒！

踢，踢踢。

黎教练：力量要渗透进去，再快点！

二十下踢完跪地不起。

黎教练：哪里做得不好知道吗？

我喘气摇头。

黎教练：你这样踢腿真的对不起牛顿第二定律。

我整个人僵硬在了地上。

黎教练：牛顿第二定律是什么？

我抬头盯着黎教练陷入了僵硬。
在黎教练冷漠的注视下，

我颤抖地说：……对不起。我想不起来了……

黎教练：力等于质量乘加速度。

我：哦……这个我知道……

黎教练：质量一定时，想要打击有力，加速度就要大。你的加速度呢，我都感受不到。只感受得到你的质量。

……老师，讲理论的时候不带顺便埋汰人的啊。

黎教练：你腰腹的力量也很差。转胯的时候实在太慢。应该多锻炼。

我：是……不好意思。

黎教练：三十个俯卧撑。开始。

我马上扑地道：老师！这个真的做不到啊！你再给我一次机会！我肯定使劲儿踢！

黎教练：俯卧撑早晚都要做。身体素质提高了，标准动作做起来就很轻松。基础很重要。

我：老师，拜托让我再踢一次。

黎教练举靶：踢吧。
全力踢了一下。

黎教练：力量感受到了。但是小腿没有抬平。横踢要垂直打到靶面上，你是撩腿斜着上来的，散打才这么踢。跆拳道不可以。

再踢。

黎教练：还是一样的问题。支撑腿，腰，胯，全部转得不到位。横踢，打击目标时一定要与打击面垂直。只有垂直了，力量才集中。才能渗透进去。垂直踢，踢力 500 牛顿，打到靶上的就是 500 牛顿。明白吗?

我：……明白。

黎教练：但是，你斜着上来，合力就会被分解成为水平方向的力和垂直方向的力。假设你踢腿与靶面的角度是 75 度，斜 75 度方向的力是 500 牛顿，垂直施加到靶面方向的力是多少?

我看着神情坚定的黎教练，

感觉整个道馆陷入了一种宇宙般的宁静。

就这样沉默地对视了十秒钟左右。

我慢慢趴到了地上。

我：……那啥，老师，我先做三十个俯卧撑吧！

5章

出于一些不重要的原因。

2015.08.20

我来到了广西。

柳州市，
位于广西壮族自治区中北部。
工业经济总量位居省首。
南亚热带气候山清水秀。

城中有江蜿蜒而过，
形成其特殊地域空间。

记载称，
柳州地形“三江四合，抱城如壶”。

鸟瞰之下，
这条珠江水系西江干流的第二大支流。
柳江。

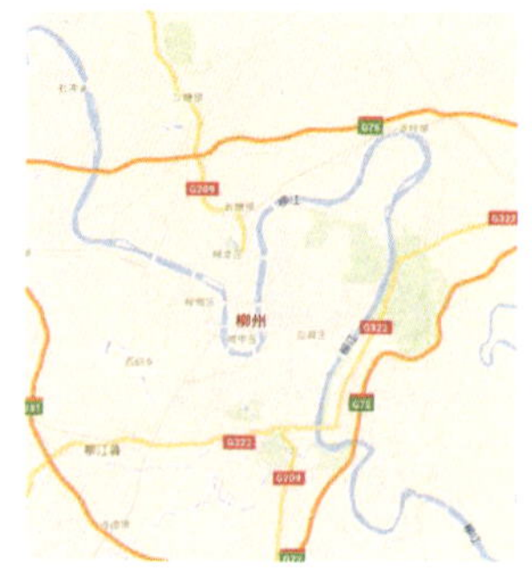

发源于黔，
南下桂北，
湍流百里，
途至此地，

并点了个赞。

当然。
开头这一段并没有什么意义。
只是习惯性地写写显得我比较有文化而已。

——但是其实也没有。
因为都是上网现查的。

总之，
我来到了广西柳州。

接待我的是当地朋友蓝经理。

蓝经理：你怎么突然来广西了呢？
我：不是你让我来的么？
蓝经理：不是那个意思。我让你来你就来么？你怎么就来了呢？
我：随便来来。
蓝经理：你自己跑广西来你家里人都没说什么？

我：说了。叫我不要搞传销。

蓝经理：你下车。

我：干什么。

蓝经理：我们广西人文丰富，你就知道传销。不知道还有三十多个少数民族么！我就是瑶族的！

我：真的啊。

蓝经理：你能听到的民歌山歌，基本都是壮族的。民族首饰服装，手工银饰，扎染刺绣，都是我们少数民族的。乐器、宗教、建筑，都是文化。柳州四大少数民族，壮瑶侗苗，都有自己的语言。虽然我家里只有我奶奶那一辈还算是正统的瑶族，到了我这一代，我也不穿民族服装，瑶语也不会讲。瑶族文化也不是很懂。但是我的户口和身份证上永远都是瑶族人。

我听罢不由惭愧赞赏道：太对不起了。没想到你对自己的少数民族身份这么珍视。

蓝经理：其实主要是为了高考加分。

我：你下车。

言谈间，

我们已经开进市区。

下了高速进沿江路，

车窗之外就是横穿市区的百里柳江。

蓝经理：看我们市中心的江大气啵?

我：大气。

蓝经理：想不想游江?

我：这有游轮吗?

蓝经理：没有。但是有公交车。

于是，

我们来到了柳州市水上公交车站。

码头边停了一排造型令人措手不及的交通工具。

在我还对水上公交车的外观设计处于适应过程中的时候，
其中一辆离库而来。
驶向站台的同时，
该公交车的车门以一种比其造型更令人措手不及的方式缓缓开启。

（当时由于过于震惊忘记了拍照。本图来自中新网）

蓝经理：怎么样？豪船。超跑。超级跑船。全世界都没有。坐不坐？
我：废话。

于是我们迅速登上豪船。
投币游江。全程三块。

柳州市政，诚然会玩。

文化底蕴深厚的领导。

2015-09-10

蓝经理在当地一家名为远叉房地产开发公司旗下的活动策划部门工作。

赴桂之前蓝经理向我极力推荐她们公司并邀请我去她所在部门实习。

我：你们单位有啥好?

蓝经理拿出了公司食堂的菜单。

第二天我向该公司提交了简历并申请参与实习。

蓝经理所在部门的领导张总负责面试。

张总在集团内以富有文化底蕴著称。

办公室内挂满名画印刷品。

其本人 50 出头。

休闲着装宽背挺腹。

金丝眼镜方头垂耳。

发迹线达到了一定高度。

具备标准的主旋律领导气质。

简单了解过后，

张总批准了我的实习申请。

正事聊完，

张总说起了自己的过去。

张总籍贯河北。
年轻的时候在北京一家国企上班。
十五年前下海工作至今。
后来如何如何。
几经各种坎坷。
言谈之间感慨颇多。

说到动情之处，
张总凝望着窗外南国景色，
深沉道：说实话。我来柳州也有七八年了。至今一直不太习惯这的饮食。附近有几家东北菜馆，还不错。过两天有机会我带你去吃。

我：哦。好。

张总：我对北方还是很有感情的。如果不是为了工作，我也不会背井离乡跑这么远。
说完转头看向我：你知道我为什么会来柳州搞房地产么？

我迎着张总审视的目光，
一时语塞。

毕竟对当地文化也不了解，
行业市场更是一无所知。

这么专业的话题，
简直无从答起。

愣神了三秒，
我只好坦白：不知道。

张总收回目光投向窗外：因为此地钱好赚。

从领导办公室出来，

回到蓝经理所在的策划部就位。

周围同事不约而同神情期待地盯着我看。

我环视了一圈，
谨慎道：咋地了……

斜对面的小徐问：张总都跟你说啥了？
我：就是随便聊聊呀。
隔壁小王：张总……没让你填表吗？
我不明就里：填啥表？
周围同事纷纷表现出一种欲言又止夹杂着忍俊不禁的情愫。

小王从抽屉里翻出一页文件。
推到我面前：这个。入职人员摸底考试卷。

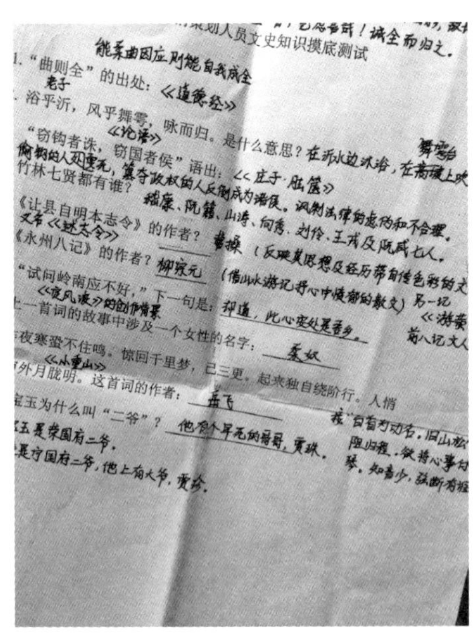
策划人员文史知识摸底测试
1. “曲则全”的出处：《道德经》
浴乎沂，风乎舞雩，咏而归。是什么意思？
“窃钩者诛，窃国者侯”语出：《庄子·胠箧》
竹林七贤都有谁？
《让县自明本志令》的作者？曹操
《永州八记》的作者？柳宗元
“试问岭南应不好，”下一句是：却道，此心安处是吾乡。
上一首词的故事中涉及一个女性的名字：柔奴
昨夜寒蛩不住鸣。惊回千里梦，已三更。起来独自绕阶行。人悄，帘外月胧明。这首词的作者：岳飞
宝玉为什么叫“二爷”？

我：……你们入职的时候都考这些吗？
群众：考啊。
小王：你会不会背《赤壁赋》？
我：……不会。
小王：你完了。

对面杨姐接话道：我当年面试的时候张总说要看我的文字运用能力。让我写一篇《我的父亲》。

我：……跟考古文比你那个还是挺正常的。

杨姐：问题是老子是财务。

出门旅游要带一些特产。

2015.09.12

获准实习后，
我开始了一些不重要的日常工作。
开开会议写写报告之类。
同时在面试过后，
张总对我的书面理解能力颇为赏识，
郑重地将公司的公众账号交给我，
让我每天编辑些优秀网络文章发布在账号上供客户浏览。

我在研究过领导意图后，
参照张总平时以文化底蕴深厚著称的个人气质，
再加上办公室内挂的名画仿作，
我决定将这个公众号营造成高雅风格。
遂整理了一些艺术品鉴赏及名家散文备选。
资料给领导看过之后。
张总转给我一条链接：今天就发这篇。

点击全文。

标题：《惊！喝自酿葡萄酒等于自杀?! 你的转发可能会救活无数人的性命！》

内容包含“近日网传”“千万不要”“有毒有害”“专家表示”等关键词。

我环视着办公室内各种莫奈和梵高的仿作陷入沉思。

张总：就发这种。比较热门有吸引力一些的文章。好吧。
我：好的。

发完之后，
我又去网上搜集了一些风格类似的文章备用。

其中一篇题为：
《自酿葡萄酒是否有害？专家称正确操作就没事》。

我：张总，你看，明天发这篇怎么样？
张总：今天说自酿葡萄酒有害，明天说自酿葡萄酒没害。那人家看了不是蒙了吗？到底信哪个？
我：领导，是这样的。我觉得，蒙了，随后就会引发思考。到底哪个是真的呢？这么一思考，我觉得咱们的账号对中老年客户就可以达到一种启智的效果。

说完，
我和张总隔着镜片对视了三秒。

然后在张总辐射出“你回工位自己体会”气息的眼神笼罩下，
默默退出办公室。

结束了上午的工时，
我跟蓝经理一起出去吃午饭。

蓝经理：我今天带你去尝尝柳州特产。螺蛳粉。你吃过没？
我：没有。
蓝经理：但是如果你是第一次吃，我还是要提醒你一下。因为这个螺蛳粉的特色，就是有一股外地人不太能接受的味道。

我：啥味道？

蓝经理：臭。

我：那不吃不行么？
蓝经理：不行！这是柳州的特产。你来了必须得吃。我可以带你吃一家改良的。

说话间，
我们走到了五星街一家螺蛳粉门前。
该门店附近十五米半径内洋溢着一股令人窒息的味道。

我：没想到改良原来是力度加强的意思。

蓝经理：不是的。你进去吃了就知道。他家的粉没有臭味的。

在外面领了号进去落座之后，
我发现这家店的内部非常飘逸。

随后店主端来一大碗螺蛳粉放在了桌子上。

我扶着碗沿低头一闻，
果然改良，
什么气味都没有。

但是原理说来有些难以启齿。
同时也就是这家店的飘逸之处。

店内左右两面墙斜上方，
各自安了一呼啦圈大小的电风扇。
俯视全店，
功率奇高。
一左一右，
强力对流。
在每桌碗口汤水表面形成一层真空区。
劲吸之下，
啥也闻不着。

在与真空对峙的抽吸之下，
只能嗅出一种宇宙的感觉。

同时店外半条街的螺蛳粉味，
也就是这家粉店物理改良的副作用。

改良手法之独特，
令人不知所措。

蓝经理拿筷子点着碗里的粉说：来柳州一回一定要把当地的特产都体验一下。等你回家可以给亲戚朋友带点。

我：没事。不用。我家没有带特产的习惯。

蓝经理：出门哪有不买纪念品的啊？你这个人真是。怎么这么冷漠的？什么叫礼轻情意重呢？带的东西不重要，重要的是一份心意。我建议你就从现在改进一下，这次回去了，记得给朋友带点柳州的特产。

我：柳州特产是啥？

蓝经理停顿了一下，道：棺材。

回程的路上。

蓝经理：但是你还可以带螺蛳粉么！

我：螺蛳粉怎么带？

蓝经理：装棺材里。

地级市产品发布会。

2015.09.28

临近中秋国庆，
该地产商在市区开发的一个项目即将开盘。

开盘之前向媒体和意向客户发出邀请，
拟在当地一家高档酒店召开产品发布会。

我所在的策划部负责大部分会场安排任务。
以及各环节台本的撰写。

准备过程中，

中秋节之前，
办公室内正在加班。

张总给发来信息：中秋节来我家吃饭。

办公室内几位外地孤寡同事纷纷收到。

我跟小王对视了一眼。
小王：你去么？
我：不去。
小王：那你怎么说的？
我：我说哎呀领导太不巧了，蓝经理她妈回老家了，我昨天答应中秋节陪她带孩子。
小王：张总怎么说？
我：张总还没回。但是我觉得这个理由挺充分的。

小王：唉。我还是得去。

我：你们去应酬吧！我已经买好了薯片等中秋放假躺着看电视了。

小王白了我一眼。

信息提示音。

点开一看。

张总：叫蓝经理带孩子一起来。

小王：你活该哦。

我：你实在小看我的婉拒技能。

给领导回复一条：实在是太感谢领导了。难得过节，您和家人好好聚聚，我就不打扰了。祝您：中秋大吉，合家欢乐！

我展示给小王：看见没？有理又有据，得体又体贴。看似完全为领导着想，实则完美掩盖了“放假了我根本不想看见你”的本质。最后结尾升华，致以笑里藏刀斩钉截铁是人都接不下去的“不用聊了到此为止吧”的客套祝福。这样教科书般的请假托词，试问谁能不批准？

小王：学习了。

同时，
屏幕上弹出张总回复：我没有家人。

小王：我那有两瓶酒分你一个带去吧。

我：小王，你要知道，这世界上总有一种婉拒，叫信息没收着。

说完把信息删除并迅速关机。

我：终极绝技。攻不可破。除非张总出杀招。

小王：什么杀招？
我：面邀。

小王：那如果他面邀了怎么办？
我：你放心。领导毕竟是领导。两级借口，再加关机，肯定心领神会。这种情况下还能面邀？张总不可能拉下这个脸。

十分钟后，
张总怀抱一只柚子从个人办公室踱步而出。

踱到我们旁边，
拉过椅子落座。

我们假装投入在工作中将其忽略。

张总摩挲着柚子。
摩挲了五分钟。

张总：那个，咱们这个发布会，小王不是有一段演讲么。PPT 做好了没？
小王：做好了。
张总：你先给我们讲讲。

小王连上投影仪，
给大家演示。

张总打断道：不行啊。你这个。资料的对比比较空。某些地段是什么地段，要说得具体一点。所有可以写准确名称的，都写上。继续。

讲到第四页。

张总：不行啊。你这个。你演讲的时候，太紧张。你要记住，你是专家，台下的别管多大年纪，都是来听你讲课的。对吧？但你要有说服力呀，你得有底气。什么叫有底气？你得自信。把自己这个地位提上来。让人一听就觉得你是个领导。你说，你们管美国总统，叫什么？

大家面面相觑了一下，
陆续道：奥巴马。

张总指指自己：我呢？要是我，管美国总统叫什么？

大家再次面面相觑了一下，
望向张总，
虚心候教。

张总：巴马。对吧，叫巴马。这样就显得你跟他关系不一般。你这个地位，是不是一下就提上来了？

转向小王：好你继续。

小王继续讲完。

张总：这个 PPT 啊，你回去再完善一下。还有你这个演讲的时候不能跟背书一样。你要有表现力。你这个演讲的状态，很成问题。我建议你找些资料学习一下。比如那个，斯坦尼斯拉夫斯基的东西，你可以看一看。

小王频频点头。

指导完后，
我们陆续归位。

张总在一旁摩挲柚子。

空气中隐约有种微妙的紧张。

我和小王偷偷用余光对视了一下。

张总：我这有个柚子谁要。

无人应答。
张总摩挲着柚子：今天一个客户送的。平和柚。特别甜。这个……

我：我要。

张总停顿了一下，
缓缓把柚子递过来。

我伸出双手去接。

张总嘀咕道：其实我就这一个……

而此时我们的交接已经悬在了半空。

我伸着手说：哎那领导我就不要了。

张总：没事没事给你给你。

——【获得道具：柚子。】

张总坐回。

我怀抱着柚子。

气氛尴尬。

呆坐了半晌，
我不由得怀抱柚子摩挲了起来。

张总：小蓝啊。

蓝经理：啊？

张总：你妈回老家了是吧？

蓝经理：啊。

张总：中秋节就你和你儿子两个人过？

蓝经理：嗯。

张总：没别的安排中秋节就去我家吃饭吧。带上你儿。
蓝经理：哦……好。

张总看向我：那顾乡，也一起去呗。

我就着交接柚子产生的尴尬气氛，沉痛道：哎。是。

次日下午，
我们齐聚发布会所在的酒店大厅帮忙布置会场。

活动请来的摇滚乐队在台上试音。
吉他手和鼓手激情演奏。

现场一位我方领导拿起话筒打断道：停。停停停。

伴随着麦克风干扰，
音箱甩出一弧弯刀般的刺耳啸叫。

乐队停了。

现场领导：不要这样的。我们的媒体和客户都是四五十岁左右。不要弄这样的。弄一些舒缓一些的。

吉他手和鼓手来了一段即兴布鲁斯。

现场领导：这什么歌，没听过啊。这样，你们弄一些流行的，民俗的。大爷大妈听得懂的。好吧?

等我再一次进入会场的时候，
吉他手正用电吉他艰难地 Solo 着《东方红》。

宾客落座之后，
发布会开始。

“值此中秋佳节到来之际，
举国同庆。我们叉道地产迎来了一次新项目的开盘……多年历史……社会贡献……”

领导讲话半小时。

然后换了个领导讲话半小时。

然后换了个媒体领导讲话半小时。

一些歌舞。

产品介绍半小时。

摇滚乐队伴奏下，
跳一些民族歌舞。

抽奖活动。

主持人致辞。

大会结束。

我们几个外地孤寡分子如约前赴张总家宴。

等我们找到张总郊外住所，

张总正在厨房炒菜。

我：领导，用不用帮忙？
张总：不用！你们都去沙发上坐着！我来！

我：这怎么好意思？
小王：没事儿。你刚来，不了解。张总经常请我们到他家吃饭的。
我：没想到领导这么关爱下属。你们挺幸福啊。
小王：张总他就是爱好下厨。你也知道他这个人，比较有雅兴。

我：好吃吗？

小王停顿了一下，

然后闭上眼睛。
把脸别到一边。
我：你什么意思？
小王忙首肯道：好吃。好吃好吃。

随后我们在张总的召唤下，
纷纷进厨房端菜上桌。

张总：今天正好赶上过节，我们这个，这个这个又有新楼盘开盘，是吧？然后又道最近又在河西拿下了一块地。咱们策划部又有两位新同志加入。今天就好好庆祝一下。

说着开了一瓶威士忌。

我：领导我喝橙汁。
张总：喝什么橙汁喝橙汁。你知道这酒多贵么？

说完给倒了一杯底儿。

领导：大家随意一点。啊。跟我你们不用客气。

我举起酒杯一口闷了。
然后迅速拿橙汁满上。

领导：都等什么呢，吃菜。来。拿筷子。

大家纷纷提箸夹菜。

挨个尝了点。

领导环顾道：怎么样？

几位同事用余光互相交流了一下。
现场有种静电微刺般的气氛。

执箸沉思了三秒左右。

我指向一盘菜：这个干豆腐丝儿是谁切的？

张总马上接道：我啊。

我：好刀工！领导好刀工！

大家纷纷鼓掌：好！豆腐丝切得好！

张总腼腆一笑，抬手在空气中轻拍道：吃菜吃菜。

大家纷纷吃菜。
张总环视群众吃菜盛况，
神色欣喜，
频频颔首。
然后拿起酒：来咱们先碰一个呗。

大家纷纷举杯：领导费心。领导辛苦了。

我只好端起一杯达到表面张力极限的橙汁颤颤巍巍伸向桌面中央。

张总：哎？顾乡你那杯里是啥玩意？酒喝没了你吱声啊。来你把那个喝了我给你倒。

我犹豫了一下，
只好把橙汁慢慢缩回，
嘬平液面。
几口喝完。

张总适时伸来醒酒器，
我们起身在中央交接了一杯底儿威士忌。

张总重新落座举杯：来。咱们意思一下。慢慢喝。

觥筹交碰。

大家杯底轻抬，
各自微呡。

我扬起酒杯一口闷了。
迅速满上果粒橙。

张总：你这怎么又干了？

我：领导，我就是太喜欢喝橙汁了。我着急给橙汁腾地方。

言下之意，
此杯仅供喝橙汁使用。
别给我倒酒了。

张总：那我再给你拿个杯。

说着放下杯起身转向厨房。

我：领导！领导我喝这个就行！

话音未落，张总已经进了厨房。
翻腾了一阵，
携杯而归。

回到客厅，
又绕过餐桌，
走向书架前，
从顶端拿下一瓶路易十三。

张总：难得有人这么欣赏我的厨艺，今天咱们喝这个。

说着给了我一支空杯，
把醒酒器里的威士忌给大家分了。

张总腾空醒酒器，
斟入路易十三，
然后落座。

然后领导开始回首过去展望未来。
讲了自己入行之初的种种经历。
着眼当下公司规模早已不可同日而语。

说到兴起，
再次举杯。

我在红酒丛中伸出一支橙汁。

碰杯过后，
张总语重心长道：小顾啊。你长大了，得学会品酒。酒你懂吗？

我喝了一口橙汁，
摇摇头。

张总：咱们前面喝的是威士忌。现在喝的是白兰地——哎？还挺押韵。这个，白兰地，你们知道吧。Congnac。

说着晃了一下手里的杯，
深情凝视着杯中酒，
视线与液面相平。
继续道：这是我从法国带回来的。

然后放下酒杯，
双手交叉道：这个白兰地呀。你们可能不太了解。好的白兰地它为什么好？为什么呢？一是材料好。二是酿法好。有的白兰地，它很辣，很苦。不好喝。好的白兰地，你品，它在苦辣酸甜之间，透出一种果香。

说着用酒杯向我示意一下：越好的白兰地，那个果香就越明显。你尝尝。

我闻了一下杯沿，
斟酌着喝了一口。

张总用一种期待的眼神看着我。

我看看张总，
看看杯里的酒。

经过仔细考虑，
再次把手伸向了橙汁瓶。

我拿着橙汁瓶向张总示意了一下：领导，你要不试试这个？这个全是果香。

张总沉吟片刻，
抱着胳膊拄在桌面上，

长叹一声：小顾啊。你啊……

我：我怎么？

张总：你一会把这些碗都洗了。

莫名人生。

2015.10.05

人的感觉很奇怪。

一个月的时间，
说起来好像十分漫长。

分成四个周末，
又显得有些一闪而过。

就这样闪过了一个九月，
值此 30 天试用期即将结束之际，
我决定跟领导表明放弃正式入职。

进了张总办公室。

张总：找我有事？

我：领导，来跟您说一声，我不办正式入职了。下周试用期结束我就走了。

张总：啊？这样啊。可惜可惜。那行，我跟小孙说一下，你去填一个离职表。

我：好。谢谢领导。那你先忙，我出去啦。

张总：你要去哪呀？

我：我回办公室啊。

张总：不是。我说，你离职了想去哪？

我：还没想好。但是要离开柳州了。

张总：哦……这样。

我：嗯。

张总沉思了三秒。
犹疑道：你……是不是有什么梦想？

我：……没有。

张总：哦……

我：领导我先走了？

张总回神道：哦。哦好好。去吧去吧。

返回办公室，
同事们都在收拾东西。

我：怎么你们也要离职了？

蓝经理：提前下班。爆炸了。

说着打开实时新闻指给我看。

小王：咱们下面的一个县出事了。有一个项目在那。连环爆炸。快递装的炸弹。刚刚市区一个写字楼也炸了。公司说快收拾东西先回家。不要拆快递。

我：哦……

说话间大家已经纷纷打点物品四散而去。

出了办公楼走到马路上，
发现下班高峰提前到来。
经过的出租车均显示客满。
等了 20 分钟左右，

终于拦到一辆空载出租车。

我满怀着感激之情开门上车。

前排落座之后，
一抬头，
眼前的副驾驶台面上，
赫然一座 19 英寸大电扇。

报完目的地，
师傅起步上路。

我：请问，这个……这个电风扇是……
师傅：空调坏了。
我：哦……

沉默。

我：那这个……怎么放这么大的……
师傅：凉快。
我：……哦。

再次沉默。

不知为何，
这车前排座椅靠背离副驾驶台面异乎寻常地近。
我被迫和面前一张电扇大脸陷入了一种超越人生的对视。

此情此景，
令人备感魔幻。

就在这时，
师傅按下了风扇启动按钮。

就这样，
我坐在一辆出租车里，
距离面部 30 厘米正前方一台 19 英寸电风扇。
按下启动键后，
电扇螺旋桨四秒之内转速提到两千。
副驾驶空间内狂风骤起。

——今天确实是太魔幻了。

正当我眯着眼睛开始怀疑人生的时候。

眼前的风扇开始摇头。

由左至右，
缓慢大幅摇头。

当它向右摇的时候，
左脸向前，
逼退我的右肩。

当它摇回的时候，
右脸向前，
逼退我的左肩。

我和一台电风扇，
就这样一左一右地摇晃着。
在副驾驶狭窄的空间内跳起了迪斯高。

压抑着比起一个剪刀手从眼前平行向外拉过的冲动。
我：师傅……你关了吧……我不热。

师傅：用不用放点音乐？
我：你……关电扇……

师傅关了电扇，
拧开了广播。

广播里传出当地新闻，
正在报道爆炸案目前进展。

“……柳城县公安局通报，连续爆炸点共13处，包括商场、监狱、大埔镇政府、超市、车站、医院、畜牧局宿舍、菜市、疾控中心等地。柳州安监局称，疑是包裹爆炸……”

师傅：嚯。13起。
我：刚刚市区有一个写字楼也炸了。
师傅：市区也炸了？哎呦真是。不得。不得不得。

说着我们经过一个开阔的十字路口右转。

左侧突然斜刺过来一辆公交车急刹着别过来，
师傅一脚刹车往右猛打方向躲避。

两车轮胎一阵刺耳摩擦，
出租车险些被拦腰挤扁。

路口一时汽车鸣笛此起彼伏。
眼见对面开来数辆防爆车飞跃十字路口狂飙而过。

我和师傅顺着防爆车远去方向，
市区一栋高楼中间向外飘着尘烟。

师傅：什么卵！我们广西以后是不是要改名叫广西斯坦？

说完转回头重新挂挡起步，
继续向市区相反的河边开去。

与迎面而来呼啸的救护车擦身而过。

与并行的高峰车流擦身而过。
焦急的爆炸现场直播在自动搜台中被电流声埋没。

我们朝着郊区飞驰，
身后的警笛喧嚣逐渐缥缈。

像运动员跑过终点步伐放松，
窗外后甩的景色由模糊飞速变得清晰缓慢。

车载广播悄然无声。

市中心几个街区之外，
老式水泥斑驳的居民楼下，
人们穿着睡衣在傍晚蒙蒙暮色中安然遛狗。

漫长的离别。

2015.10.15

离职手续办好之后，
我预订了离开柳州的机票。

起飞当天早上，
临时接到通知航班取消。

改签第二天，
又被取消。

咨询了一下蓝经理，
得知柳州机场由于规模较小独裁任性，
临时取消航班的情况时有发生。
经常人凑不够一飞机就不走了。

在蓝经理的建议下，
我定了晚上七点从桂林出发的机票。
起飞之前乘长途巴士直达桂林机场。

订票之前，
我不知道脑子出了什么问题。
问了蓝经理一个很曲折的问题。

我：柳州到桂林有多远？
蓝经理：100 多公里。

对话结束。

我想，
100 多公里，
坐长途大巴，
就算时速 40 公里，
三个小时怎么也到了。

于是我定了下午三点从柳州到桂林的车票。

事后想想，
当时我为什么不能像正常人一样，
直接问从柳州到桂林是要开多久而不是有多远呢?

因为原计划三个小时的车程，
我整整坐了六个多小时。

出了市区，
一路都是盘山险道。

全程基本没有超过 20 迈。

六个小时的车程里，
我看着身边的乘客来来去去。

我从下午坐到了天黑。
从天黑坐到了飞机起飞。

一路上，
我们翻山越岭，
温遍了驾校考试中见到的各种危险标志。

过去了一个“左转急弯警戒”，

很快又迎来一个“上陡坡注意”。

路边一个“连续弯道”，

紧跟一个“注意落石”。

过了一个“傍山险路”，

左边又是一个“下陡坡警惕”。

平均三分钟一个警示牌，
各种危险随机出现。
时而单挑，
时而群殴。
真乃一条驾校笔试的活教材级优秀路段。

大巴车在崎岖山路间踽踽独行。

司机瞟了一眼后视镜，
乘客只剩我一人。

司机：你是去哪里的？
我：机场。桂林机场。
司机：赶飞机哦？
我：嗯。
司机：几点的？
我：七点。
司机：七点？这都八点了。
我：刚打电话改签到十点了。
司机：哦。哦吼吼吼。怎么出发之前没抓紧点的？
我：我主要是没想到 100 多公里要走六个小时。
司机：你不是本地人哦？
我：不是。北方人。
司机：是来玩的哦？
我：嗯。

司机骄傲道：怎么样，我们广西的山水怎么样？
我：……你喜欢就好。

此时天色已经全黑。

司机活跃道：快了。再有一个小时就到了。我到时候给你放到镇里机场的路口，你走过去就到了。
我：好。谢谢。
司机：不过走过去要走一公里哦。
我：一公里也不远。
司机：打不到车的。那条路就是农田。什么都没有。
我：……桂林不是著名景区么？城建怎么这个水平？
司机：是啊。著名景区嘛。景色好就可以了。要原生态。机场也比较原生态。

再次历经一个小时的颠簸，
我们来到了机场所在的两江镇。

路过了一片乡村夜景。
穿过镇中人烟，
向野外驶去。

一路从民房聚集区开到一个农郊小路丁字路口。

司机缓缓停车：到了。

左侧岔路隐在一片浓墨重彩的农田之间，
远处隐隐有黄色路灯。

司机：走这个岔路，往路灯那去，就是机场。
我：这附近挺黑啊……
司机下巴朝前面一指：黑什么。你看路不是挺亮的。

我下了车。

司机带着那一块亮的路走了。

我站在黑暗之中，
适应了一下，
黯淡清冷的月光隐隐抹出了一幕夜景。
乡间，
农田。
虫鸣。
凄风。

整个世界仿佛只剩下了一片庄稼。

我望向左岔路深处豆大的光明，
自我安慰道，
没什么。
不就一公里么。
小意思。

拖起拉杆箱刚走一步，
轮子卡住了。

——这岔道是条砾石路。

磕磕绊绊举步维艰。
走在黑暗之中宛如无人之境。

环境的幽暗放大了一切人为之声，
每走一步都令人头皮发毛心跳不已。

正当我大坑小包往前倒扯的时候，
身后突然灯光大亮。

回头瞟了一眼，
荒郊野地无人之境，
丁字路口转进来一辆黑色面包车。

黑色面包拐进岔道，
我往右边避让了一下。

但该车没有借过，
而是在我身边停下了。

我顿时心跳如鼓。

拖着箱子站在原地，
瞄着身旁的黑色面包，
一时不知该做何感想。

面包车停了半晌，
副驾驶门窗缓缓摇下，
一张戴墨镜的男人脸。

墨镜男：你去机场？

我犹疑了一下，
点了点头。

墨镜男：上车。

我：啊？

墨镜男：我们是机场地勤。捎你一程。

说话间，
面包车乘客门拉开，

露出靠门的一个空座。

我看了看他，
看了看空座，
提箱爬上车。

把车门刚一拽上，
往车里一看，
七个男的坐在各个位置凝望着我。

其中我左侧的位置上坐了俩。
一个坐在另一个大腿上。

墨镜男在副驾驶探头盯着我。

我：不走吗？
墨镜男：不是，你这人怎么心这么大？让你上车你就上车。
我：不是你让我上的么？
墨镜男：我让你上你就上？万一我们是坏人怎么办？
我：你们不是机场地勤吗？
墨镜男：我说是地勤你就信啊？
我：你衣服上写了……

墨镜男：那万一是假的呢？你看看这一车七个男的，哪个像好人？

我环顾了一下，
与七位黑衣制服男子依次对视了一下。

驾驶员抬手指了指墨镜男：他是坏人。他真的是坏人。

我左侧摞在一起的两位兄弟坐上面的那个说：我们是好人。

坐下面的：我们为了给你让座都摞一起了。

司机：别废话了都。人家赶飞机呢。
说着挂挡起步。

后排一个人说：不过你真的不应该随便上别人的车，幸亏我们是好人。对吧。下次遇见这种情况，绝对不要上车。

墨镜男扒着靠背，食指隔空点我：听见没？接受一下教育吧你。你说你怎么想的？荒郊野外的，七个男的开的车，你就敢上？

我：不是，那你说，农村小路，七个男的还一辆车，我打得过还是跑得过？我还不如配合一点多活一会儿呢！

墨镜男凝住了。

思索片刻回神说：你说得倒是也有道理……

然后又怒斥道：总之！你要学会拒绝！懂不懂？别人家说什么是什么！你要学会拒绝！知道了没?!

我：知道了。
墨镜男：有没有男朋友?!
我：没有。
墨镜男语气一软：那留个联系方式吧！
我：不给。
墨镜男：为……为啥？
我：你不是让我学会拒绝么？

墨镜男隔空用食指点了我几下，
转身坐回。

到了机场入口。

驾驶员：你是要去机场还是去酒店？

我：机场。
驾驶员：那你在这下吧，一路平安。

我向几位依次道谢，
提行李下车。

墨镜男：永别了女士。

我：永别。

黑色商务与我擦身而过。

我拖着拉杆箱进入机场。

领到机票后，
过安检大门。

在扫描传送带前，
身旁的地勤伸手要帮我拎箱子。

我：没事没事。我来我来。

说完纵身一提把箱子往传送带上一甩。

没想到行李过重放手不及，

我整个人随着箱子扑到了传送带上。
身后地勤将我拽住。

我落回地面，
抬头一看。

墨镜男。

看着我收拾完，

墨镜男：我真服了你了。

然后把我推过安检门。

墨镜男向我挥手：永别了女士。

我提起箱子回头：永别。